迄今为止
只有两场爱情发生
一次被爱却不明所以
一次爱人却手足无措
一个求之不得，一个得而无喜

我原以为
忘记你
会像爱上你
一样简单

我在远山呼喊
呼喊我从未袒露的心声
隔着山风与海
假装与你相拥

打点行囊，匆匆上路
没有惊惶，没有不安
因为所有的路，都是归途

在喧嚣的世界，安静地爱

李愫生 著

文化发展出版社
Cultural Development Press

图书在版编目（CIP）数据

在喧嚣的世界，安静地爱 / 李愫生著；—北京：文化发展出版社，2017.4
ISBN 978-7-5142-1692-9

Ⅰ.①在… Ⅱ.①李… Ⅲ.①短篇小说—小说集—中国—当代 Ⅳ.①I247.7

中国版本图书馆CIP数据核字（2017）第054875号

在喧嚣的世界，安静地爱
李愫生/著

责任编辑：肖贵平　　责任校对：岳智勇　魏晓峰
特邀编辑：刘苗苗　　责任印制：孙晶莹
责任设计：侯　铮
出版发行：文化发展出版社（北京市翠微路2号　邮编：100036）
网　　址：www.wenhuafazhan.com
经　　销：各地新华书店
印　　刷：北京中印联印务有限公司

开　　本：787mm×1092mm　1/32
字　　数：112千字
印　　张：7.5
印　　次：2017年4月第1版　2017年4月第1次印刷
定　　价：42.00元
I S B N：978-7-5142-1692-9

爱，超度你自己

——《在喧嚣的世界，安静地爱》序

文/李愫生

世界很大，大到无处可去；世界很小，有爱处就是归途。人类宿命的孤独感，唯有爱可以抵抗与治愈。什么是爱呢？每个人都有自己的理解，最后却发现，那个答案不是唯一。

兜兜转转，看尽人间繁华，爱，只是一个人的事，与他人无关。

这个世界太浮躁，很多人都渴望从别人的爱里得到安全感。但，真正的安全感源于自己的内心，精神的自由，智慧的通达。不是凭借某人某物，不是凭借外在的浮云名利，不是凭借镜花水月的人心，不是凭借自以为是的认知。

《在喧嚣的世界，安静地爱》书里的故事，尽管情感纷呈，但所有的故事，讲的都是“放下”。对，是放下，不是放弃。在世间所有的经历、所有的爱，都是一场修行，它都是用来超度你自己的，帮助你磨砺你成为更好的自己！

人的一生，不会只遇见一次爱情，但真正的刻骨铭心，唯有心知。爱，是一种信仰，要有态度，才会有高度。你是什么气场的人，你有什么样的坚守，你就会吸引什么样的人。

爱，人一辈子所有的情绪，都燃烧在里面了。燃烧过后，能留下什么呢？你的心，平静了吗？你的爱，解脱了吗？用什么，去接纳和化解，那些情感上的痛苦？

佛学著作《妙色王求法偈》有云：一切恩爱会，无常难得久。生世多畏惧，命危于晨露。由爱故生忧，由爱故生怖，若离于爱者，无忧亦无怖。

佛曰：由爱故生忧，由爱故生怖，若离于爱者，无忧亦无怖。

迦叶：如何能为离于爱者？

佛曰：无我相，无人相，无众生相，无寿者相，而法相宛然，即为离于爱者。

迦叶：释尊，人生八苦，生、老、病、死、行、爱别离、求不得、怨憎会。如何无我无相，无欲无求？

佛曰：爱别离，怨憎会，撒手西归，全无是类。不过是满眼空花，一片虚幻。

迦叶：释尊，世人业力无为，何易？

佛曰：种如是因，收如是果，一切唯心造。

迦叶：世人心里如何能及？

佛曰：坐亦禅，行亦禅，一花一世界，一叶一如来，春来花自青，秋至叶飘零，无穷般若心自在，语默动静体自然。

迦叶：有业必有相，相乱人心，如何？

佛曰：命由己造，相由心生，世间万物皆是化相，心不动，万物皆不动，心不变，万物皆不变。

真正的爱，是一份安心。第一个要安的是自己的心，你的内在还孤独吗，还恐惧吗？如果你不安、你恐惧，你的内在还有另外一个不安、恐惧的自己。那些愤怒、痛苦与悲伤，水深火热的负面情绪，需要你去抚平。唯有安了它的心，你才能在这儿坐得很安心。

在喧嚣的世界，安静地爱。道家言，灵台清静，静能生定，定能生慧；佛家说，静能生慧，慧能生智；儒家亦云“静能生慧”，《昭德新编》提到“水静极则形象明，心静极则智慧生”。学会安静地、有智慧地去爱，是我们得到爱之圆满的唯一途径。

当你经历爱，抚平爱，审视爱，你的自我修行就已经开始。你终会等到爱之圆满那天。

目录
CONTENTS

CHAPTER 1

寻找蓝玫镇

A.

这是一列开往蓝玫镇的火车。听说，在蓝玫镇有一个远近闻名的花园，叫“飘雨浮云”，那里盛产一种明蓝色的玫瑰，蓝玫镇由此而得名。可是，很少有人到达过那里。去向那里的人，也都没有再回来。没有人知道他们去了哪里，也无从打听。风继续吹着铁轨，太阳升了又落，落了又升。

列车窗外那些疾飞而去的破旧的老房子、院落里散步溜达的鸡或鸭、残缺的树、远处的山川、田园，忽闪而过。黄昏把它们镀成了一幅油画，可是木耘还没来得及欣赏，那油画就散淡成一团看不清的水墨，消隐在列车的飞驰里，同时消隐的，还有那油画里的许多人影，一个个模糊或清晰的面孔。

列车里没有多少人，不会觉得那么拥挤，车厢里有淡淡的烟味。一个男人斜戴着帽子把帽沿扣得很低，他的对面坐着一个眉头轻锁正在沉思的成年女子，手里紧紧抓着自己的棕皮提包。车窗另一边，一个年轻的女孩子手里拿着朵红玫瑰，轻轻附在自己的胸前，女孩微微笑着，脸上映着花一样的光辉。火车嗡嗡闹闹的，到站停车，下去一些人，又上来一些人，列车再度飞驰。

听说，全国的火车都一样，没有终点，也没有起点。乘客可以随时在哪里下车，也可以随时在哪里上车。木耘不知道自己要到哪里去，她忘记了要在哪里下车，也忘记了是在哪里上的车。木耘嘴角一动，歪成30°，眼神深邃，看不见底。突然，嘴角的笑意凝固，她手里的纸巾，被水渍了，湿而绵软。一分钟，两分钟，五分钟，木耘深吸一口气，不再保持那个姿势，疲倦地擦一下眼睛，手腕上的佛珠手链向手臂里滑了一下，与斜刺入车窗的黄昏交映。

天，又暗了。夜幕沉沉，就要压下。

蓝玫镇。“飘雨浮云”花园。木耘嘴角的笑意又起，淡淡地化作一层光晕，眼皮沉沉，夜幕压了下来。

幽暗的夜，没有光。车窗外看见河流涌动，明蓝色的玫瑰闪烁着诡异的气息。一个穿着运动衫的男人，目光定定地看着木耘。木耘清晰地笑，去握他的手，人影恍惚不见。

“你在哪里？”木耘正惊诧愣神，那男人已温柔地从身后拥住了她。时间凝固。呼吸越来越紧。

“你是谁？”木耘感觉要窒息。

“我是我。”一个缥缈不定的声音，像绵软的水草将木耘层层缠绕，她浑身就要湿透，心弦欲崩。

“可是，我不认识你。”木耘语气急促。

“如果让你知道我是谁，你会爱上我的。”男人温和地说。

“我不会。”木耘辩白。

“我会给你机会。”男人狡黠地一笑。热气再次涌来。

木耘跌入水中，错乱的手指在水里挣扎，明蓝色的花朵落满了染血的河床。突然，她变成了一条鱼，就要融化在那水里了。水面上人影浮动，有人在打水，一个水桶掉了下来，“扑通”一声，木耘惊醒了。

木耘擦擦身上湿漉漉的汗，犹自喘息不止。梦里那些云雨倾覆的片段，让木耘先是窒息，而后突然莫名地悲伤。

“如果让你知道我是谁，你会爱上我的。”

那句话还在耳边回响。木耘终于想起，梦里的那个男人，是谁。

B.

星城。大街上人声鼎沸，车水马龙。车站前的小贩在叫卖糖葫芦。拉箱运货的车夫，松散地踏着三轮，扫视大街，搜索着目标顾客。出售地图的婆姨高叫着：“星城地图，星城地图，谁要地图？”

车站前的一个公交站牌，木耘站在那儿，风有些冷。木耘的脸冻得像樱桃一样红，一会儿低头沉思，轻轻踢着石子，一会儿歪歪下巴，浅浅微笑，时而又向街那边张望着什么。木耘来时忘记穿大衣，她跺了跺脚，收了收衣领，把手揣进了兜里。路旁的行人经过木耘身边时都对她侧目而视，木耘扭转脸，不看他们。

星城的空气流转有一种特别的亲切，木耘下车时就闻到了那股气息，微甜的，牛奶冰茶似的，又像樱花一样的气息。木耘抬手看手表，一会儿又看，眉头开始轻锁。

一个婆姨过来："阿囡，恁要不要地图吗？"

木耘轻笑："有蓝玫镇的地图吗？"

"蓝玫镇？莫听说过。从来莫这地方啊。"婆姨惊诧地摆摆手，她的手掌布满沧桑的纹路。

"我只要蓝玫镇的地图。"木耘坚定地看着那位婆姨。

"神经病！"婆姨挥挥手，犹自离去，留下一个远远的背影，逐渐模糊。

"可是，我只想去蓝玫镇。"木耘轻轻说，若有所思地看着背影消失的方向。

要等的人没有来，他发来一条短信："耘，你先到久洲宾馆去，我一会儿就到。"手机"嘀"一声后，突然陷入沉默。耘，他这样称呼她。木耘微叹一声，悠长的气息缓缓吐出，眉眼间的神色渐渐黯淡下去。

每一次在星城下车，木耘都不愿再上车。迟迟地，等那列车的鸣笛快结束，木耘才疾跑几步，半个身子斜挡在车门前，目光还遥遥地眷恋着星城的一草一木，一沙一石。

很早以前，木耘就知道了蓝玫镇，知道了“飘雨浮云”花园。一个隐居在城市的老者说，如果你想到达那个地方，必须找一个人和你一起去，那个人会给你一把钥匙。木耘像得到一个糖果铁盒的孩子，快乐又充满忧伤，她不知道那个人是谁，也不知道那个人会给她一把什么样的钥匙。

久洲宾馆还是那么破落，居然混到了三星。木耘步若飞燕，穿堂过厅，转眼就用会员卡办好客房手续。服务人员毕恭毕敬地杵在那里，玻璃门空空地旋转，没有多少客人。木耘来到客房，房间还是那样的布局，一面硕大的镜子嵌在墙壁里，木耘看到镜面里自己的脸，瘦削得很。她呆了一会儿，把包打开，山楂果脯、水果罐头、薄荷糖、红枣、果冻、巧克力威化饼，一一翻了出来，放在桌子上。木耘叹息一声，把红枣和薄荷糖放入玻璃水杯，一壶热水浇了上去。玻璃杯中淡馨氤氲，弥漫开来。清幽的薄荷糖的味道，夹杂着香郁的红枣的气息，水逐渐转为淡蓝色。

木耘倚在床边，打开电视，频频换台。电视画面不停地闪过，像被人急赶着飞奔而过的马车。她一会儿看看手机，手机始终沉默着的；一会儿站起来，从屋子的这端踱到那端，再从那端踱到这端，整整七步，她计算了一下。木耘摸摸水杯，水都凉了，得换一杯。

重新沏上水，那些小吃食也重新摆上。那都是他爱吃的东西。木耘不自察地嘴角一扬。

十五分钟，二十分钟，三十五分钟，他还没有到。是不是出了什么事情，木耘暗暗焦急。她抓起自己的手机，把号码拨了过去，那边是“嘟”的接通的声音，突然，中断了，像才放上天的风筝突然断了线，凌空跌了下来。

木耘懊恼地把手机往床上一摔，眼圈开始红润，打了荧光似的遥遥发亮。她忧怨地想，既然君让来，又何必如此对卿。良久，手机终于“嘀”地响了一声，木耘迅速抓起，看到上面写着：“对不起，耘，我还和她在一起，马上就过去。”木耘再也没忍住，“啪”一声，一滴热泪打在了手机上。

C.

12岁那年，爸爸说，妈妈去了蓝玫镇，不会再回来了，因为她只买了一张车票。木耘好奇地问：“妈妈为什么要去蓝玫镇？”“她去找‘飘雨浮云’花园。”爸爸不耐烦地说。木耘又问：“为什么你不和她一起去？”爸爸脸一寒，背转身，不再理木耘。妈妈去蓝玫镇的第二年，家里来了位漂亮阿姨，笑眯眯的。爸爸对木耘说：“喊妈。”木耘不情愿地看看爸爸的脸色，喊：“妈。”

木耘开始变得忧郁，不愿和别人说话。木耘整夜整夜地翻书，把书都翻烂了，再重新用胶带贴好，再翻，再贴。或者，就独自一个人在纸上勾画一些枝枝杈杈，别人也看不懂她在画什么。有时候，她就蹲在地上看蚂蚁搬家，那些小蚂蚁一只挨着一只，驮着厚厚的树叶或是米粒，走走停停，蹒跚而行。木耘觉得它们搬家太慢了，顺手把树叶和米粒空运到蚂蚁另一个家所在的地盘，那些小蚂蚁惊得四处乱窜，好一会儿，才恢复秩序。木耘嘤嘤地哭，觉得自己连小蚂蚁的忙都帮不上。

她问了很多邻居，蓝玫镇在哪儿，“飘雨浮云”花园在哪儿。可是，没有人知道。

妈妈为何要去蓝玫镇，为何去找“飘雨浮云”花园，成为了木耘心底永久的谜。

16岁那年，木耘决定自己去寻找蓝玫镇，从一个乡村，到另外一个乡村；从一个镇子，到另外一个镇子；从一个城市，再到另外一个城市。爸爸说：“你走了就别再回来。”木耘咬咬嘴唇，一言不发，背起行囊走出家门。

木耘开始爱上寻找的旅程，从一个城市到另外一个城市，可是她一直没有找到。她遇见不同的人，他们的笑容也不同，快乐的、忧伤的、幸福的、冷漠的、诚恳的、尴尬的、虚伪的、阴森的、嘲讽的、怜悯的……那些笑容里，没有一个她想要的。

木耘觉得自己的心长了疮，开始霉变。有一天，她倒在了碧城的一块麦田里。一个老者发现了她。木耘眼光涣散，失神地看着老者：“拜托你，可以把我种在麦田里吗？那样，夏天的时候，我就可以长出麦子了。”老者叹口气，把木耘带了回去。

木耘开始在老者开的花店里边打工边读书。看着那些或红或碧、或粉或白的花，一朵朵，一簇簇，木耘会愣神，手指微微蜷起，眼神突然深邃，不是只盯着一个地方看，就是不知跑哪里去了。从身后轻轻拍她一下，她才“啊”地一声，受惊的小兔似地回过神来。偶尔，会在花店看到一种明蓝色的花，薄薄蓝蓝的，散发着一种微甜的，牛奶冰茶似的，像樱花一样却又不是樱花的味道。木耘问老者那是什么花。老者说：“这是我自己培育的蓝玫瑰。”

木耘第一次听说还有蓝玫瑰。她的眼亮了一下，又黯淡下去。

可是，为何这么美丽的花，却鲜有人知？木耘忧伤地为花叹息。

老者拉木耘缓缓坐下，眼睛突然变得明亮且深远。在一个很少有人能够到达，而去了的人又都没有回来的地方，有一座“飘雨浮云”花园，它因盛产蓝玫瑰而闻名远近，所以那个镇叫蓝玫镇。传说，得到蓝玫瑰的人，可以得到自己的真爱和幸福。遗憾的是，从来没有人见到过它。虽然老者培育出了蓝玫瑰，但它远不及“飘雨浮云”花园中生长的。

每年仅能开出几朵明蓝色的花，其他都是红白黄杂色的。

哦，难怪很少看见它，原来真的有蓝玫镇的存在？木耘的心起伏起来，一高一低的，像涨潮时倒映在海水中的月亮。

D.

四月，木耘就快要20岁了。正是初夏季节，街上色彩已经很斑斓。木耘最近老做梦，那些梦总是飘忽不定的。开满蓝玫瑰的花园，飘着细细的雨丝，轻云浮动，木耘坐在花丛里婉转地笑，有个骑士踏马而来，疾驰在花园里，可惜了花园里那些明蓝色的花，被马蹄踩得七零八落。那个骑士一手执剑，一手握着一把蓝玫瑰，冲着木耘温暖灿烂地笑。可是，那笑初时清晰，后来就变得模糊，木耘怎么努力都无法接近他，每每在快要看清楚他的面目时，梦就醒了。木耘怅怅的。

中午，N大一个同学给她打电话请求帮忙，邀请她去参加他们学校的一个演讲会做临时评委。木耘拗不过，只好同意。N大的人很多，熙熙攘攘的，赶集市一样。木耘作为临时评委，被安排在了会场的第一排。目光扫射会场，没发现一个认识的同学。

演讲进行到一半时，一个大男孩跳到了台上。个子不高，染得金黄的微长头发自然分开，一身蓝白黄相间的运动服套在身上，松松垮垮的，像一件肥大的袍子。他戴着副眼镜，目光炯炯，表情古怪，一手端着玻璃水杯，另一只手则在那里四处挥舞。木耘忍俊不禁，只想笑。他看到木耘在冲他笑，也盯住木耘咧开嘴笑了。木耘一阵眩晕，他那笑怎么这么熟悉？木耘收一下心神，正襟危坐起来。

演讲会结束后，他没有立即离开，一直在会场的后排徘徊，一副欲言又止的样子。木耘看了他一会儿，不准备理会他。

在N大校门口，木耘又看见了他。他一看见木耘，急忙走过来："我等你很长时间了。"

"给我今天的演讲提提意见吧。"他晶亮的眼睛忽闪忽闪的。

木耘局促起来："还不错啊，就是论据不足。"

听到木耘这样说，他好像很开心，不禁自得地笑开来。他拿出自己写的文章《校园的牡丹》和《说“孝”》，眼巴巴地望着木耘：“你可以帮我提下建议吗？”木耘不忍看他那副可怜兮兮的模样，也不敢看他温暖灿烂的笑，低头把他的文章接了过去。

木耘看到文章的标题下署着一个好听的名字：尔羽。

“像鸟一样飞去。”木耘脑海突然闪现出这样一句话。

E.

小时候，尔羽就喜欢植物。看到那些美丽的植物，从埋土、发芽、抽茎、长叶、开花、结果，对他来说是一件很幸福的事。城市的楼层是那么高，没有草地，没有河流，没有花香，没有星光。尔羽只能在爸爸妈妈的陪伴下，在公园来回地跑。他晶亮的眼神看着公园里几十平方米的绿地，那是他全部的世界，他是唯一的骑士。别的小伙伴都去玩过山车，玩滑梯，玩跷跷板，只有他一个人看草地，看那些葱葱绿绿的植物。

小学的老师给他们讲关于植物的常识和故事，尔羽安静地坐在那里，歪着头，眼珠一动也不动，沉迷地听。那些小伙伴，窃窃私语，偷偷地笑，间或把一个纸球弹到别人的脑袋上。

尔羽经常梦见自己带着一把钥匙，他把那把钥匙给了一个小女孩，可那小女孩是谁，他怎么也想不起来。他只看见小女孩站在一丛明蓝色的花朵里啜泣。他想安慰她，中间却隔了远远的河，走不过去。

尔羽问老师："老师，你见过明蓝色的花吗？"

老师摇摇头："我只见过紫蓝的、浅蓝的、深蓝的，唯独没有见过明蓝色的。"

尔羽问爸爸妈妈，他们不耐烦地说，这世界上根本就没有明蓝色的花。

他从未看见过一种花，是明蓝色的。他不知道那是玫瑰，他不知道它来自蓝玫镇。

尔羽开始把更多的时间花在植物上，他想从它们身上研究出自己的答案。他觉得自己是一颗小太阳，一定可以把这些植物养得健健康康的，一定可以养出明蓝色的花来。

高考后，尔羽来到了N大，选择了自己喜欢的生物专业，研究植物。班级里的同学大都来自乡村，尔羽和他们谈自己的小草地，自己养的植物，没有人理他。

“俺们村里的草淀子比恁们城里的公园好玩多了。”A同学扬扬得意。

“我家的棉花也开花的，开了花就可以结棉花卖钱供我和妹仔上学了。”B同学小心翼翼。

“我还是觉得城里好，和那些乡巴佬有啥好说的。”来自城里的C同学对尔羽不屑一顾。

尔羽开始郁闷，变得脾气暴躁。妈妈说，他得了青春期狂躁症。带他去见一个心理医生，却没查出什么结果。尔羽觉得自己好像浑身充满了青春的力量，他只想证明自己。他不断地找各个高校的教授辩论，和那些可爱的老头们一起探讨所谓哲学问题。那些老教授被尔羽缠得没办法，只好纷纷对他缴械投降。还有一次，尔羽在学校附近一家加州牛肉面馆吃饭时，和店方起了争执，最后也以面馆经理向他致歉而告终。

虽然是这样，尔羽还是觉得忧伤。有句电影台词：当我站在瀑布前，觉得非常地难过，我总觉得，应该是两个人站在这里。尔羽想起那个梦里的小女孩，她是谁？她应该和他一起站在这里的吧。

F.

暗黄色的桌面，冷冷的大漠一样，横在木耘面前。她不说话。怕一开口，气息就会席卷自己的梦魇。尔羽的两篇文章，搁在桌上，木耘先是凝视，继而嘴角微扬，发出“哧哧”的笑声。谁会是她的骑士，一手拿剑，一手握着蓝玫瑰来寻她。惊觉自己的浅笑，木耘赶紧回头，四处扫视，没有人注意自己，又恢复严肃。木耘想起尔羽松松垮垮的“袍子”，目光炯炯，表情古怪，一手端着玻璃水杯，另一只手在那里四处挥舞。

他是谁？木耘自己也困惑，好像曾在哪里遇见，好像要在哪里等待。他熟悉地笑，面孔模糊，逐渐放大，压将过来。

五月，天气变得热起来。蝉还没开始鸣叫，尔羽就到楠郡实习去了。他是一个人走的，木耘没有送他。看着落日，木耘心里说，早去早回。尔羽孤身上路，一路桐花飘香。

尔羽偶尔会打电话来。一根线，就拴住了两地桃花。木耘在花的这岸，尔羽在花的那岸，绞尽脑汁，想一些话来说。初时，桃青心碧，总是“你吃饭了吗”“你没感冒吧”云云，像点点落落的微雨，舒爽，但不尽兴；再后来，桃红心熟，就是各自叙说各自的近况，慢慢聊到他的植物，她的童年，他的哲学世界，她的书卷内心，像下了场大雨，总算淋漓。话说完了，桃熟心热，总不忍摘下。电话不肯放，就那么拿着，想桃花何时再开一次。整个桃林都沉默着，他们想，对方的心跳多好听啊！

五月底的某天，尔羽终于回来。风尘仆仆，却神清气爽。

芳草园烩面馆，尔羽一直冲着木耘笑，像是多年未见，笑得木耘心湖像是被投进了一块小石子，漾起无数的涟漪，波来波又去。这是他们第一次在一起吃饭。没有背景音乐，华灯初上。

“你终于回来了。”木耘轻叹一声。

尔羽拿着一个小小的白色药瓶，里面装满绿茶毛尖，味道正鲜。“这是送给你的。”

木耘忍着笑意，哪有这样给人送礼物的？

尔羽的眼睛温暖热忱，木耘神色一正，端正起来。

远远望去，尔羽和木耘昏黄的身影重叠，高谈阔论，引得周围的顾客和服务员都注目而视。木耘不断给尔羽挟菜，尔羽特别开心，棋逢对手，琴遇知音。木耘想，今天自己是不是太主动了，是不是应该矜持一些？

深夜23:00，尔羽才想起该回去了。这么晚，学校已经关门了。

“那你，怎么办？”木耘也为尔羽焦急和不安起来。

尔羽犹豫一下：“可不可以去你家暂借一宿？”

木耘因为打工时间结束晚，为了上下班方便，自己在胜岗公寓租了一套房子。木耘的脸一下子变得绯红，想了一想，也没有其他更好的办法，勉强同意。

木耘家简单而干净，一切都很有秩序，像归列整齐的棋盘。

尔羽躺在沙发上，眼睛呆呆地望着天花板。

“你怎么了？”木耘问。

“你陪我说说话吧。”

“好的，你说吧。”

短的、长的、轻巧的、沉重的、快乐的、忧伤的，话语在空气里来回穿梭。

尔羽微叹一口气：“如果你是个男孩子该多好。”“你说什么？”木耘没有听清。

尔羽想说的是，如果你是个男孩子，我们就可以一起快意江湖，可以每时每刻在一起了。他没有说，做一个女孩子是多么不便。

“噢，没什么。我唱歌给你听吧。”尔羽说他唱歌很好听的。

尔羽的歌声在屋子里飘荡起来，时而婉转，时而低沉，时而高亢，时而忧伤。木耘被歌声迷住了，怔怔地发呆。

夜很长，也很短。黎明转眼而来。

G.

第二天，尔羽开始接送木耘。他骑着自行车，载着木耘，唱着歌，一直到木耘打工的那家花店。然后，他再回学校上课。下午等木耘下班时，再陪她一起去买菜，回家做饭。

尔羽为了讨木耘的欢心，每天都想方设法地变化菜的样式。今天是黄瓜炒鸡蛋，明天是茄子配西红柿，后天又是红烧鸡块……木耘想象不出来，一个男生居然可以想出来那么多烧菜的花样。尔羽不喜欢看木耘自己吃饭，他喜欢深情地望着木耘，一口一口地喂她，让那些美味的饭菜充满幸福的味道。木耘初时不习惯，时日久了，也渐成习惯。

有时候，木耘和尔羽会到附近的一家饺子店吃饭，每次都是10元钱。六两水饺，一个小菜，就足以带来清贫而简单的快乐。吃饭时，尔羽使劲盯着木耘看，像是要在她的脸上看出一朵花来。此时，木耘的脸就真红成了一朵桃花。

饺子店的饺子总有不小心煮破了面皮儿的，这时就显出了木耘和尔羽完全不同的做人态度。尔羽会气呼呼地把服务员和经理都喊来，批评一番他们的服务质量，“我是上帝我怕谁”；而木耘则会温和地劝着尔羽，算了吧，人家也不容易。回家后，尔羽还是郁闷，觉得木耘不该替外人说话。

有一次，尔羽在门口烧鸡店买了一只烧鸡。中午的时候，烧鸡还好好的，味道很鲜美。剩下半只，到了下午时，味道却变了。木耘认为，可能是天气太热的缘故吧。尔羽却觉得，虽然是夏天，虽然家里没有冰箱，但刚经过高温油炸的食物，是可以放上12个小时没问题的。尔羽坚持认为是店老板把隔夜变味的烧鸡重新加温后再卖给了他们。

尔羽坚持去找店老板理论，木耘没有办法，只好陪他一起去。要不然，还不知道他会惹出什么事情。店老板无奈地做出让步，愿意再赔偿他们一只烧鸡。可是，尔羽不同意，他坚持要全款退货。店老板不同意退货，木耘不愿招惹那么多无谓的事情，想让尔羽见好就收。尔羽委屈又懊恼地说："你真不理解我啊。"气得木耘不理他，扭头就走。

木耘暗暗地想，尔羽真不懂人情世故的艰难，让他碰碰壁也好。

第二天，尔羽笑嘻嘻地来找木耘，说店老板把钱都退给他了。

木耘愣了一下，有些生气。她也不知道生什么气。

原来，尔羽去找了那家店所属辖区的工商管理所。在工商人员的面前，店老板只好灰溜溜地承认错误。其实，尔羽并不认识那家工商管理所的工作人员。尔羽说，他要谢谢人家。

那段时间，电视里正在热播《情深深雨濛濛》。尔羽开玩笑地说，他是书桓，而木耘是依萍。在电视剧里，书桓和依萍就是吵吵闹闹的一对小恋人，都很爱各自闹情绪的那种。木耘不依，尔羽坏坏地笑，抱起木耘说："你就是嘛。"

尔羽特意买了一盒《情深深雨濛濛》的歌曲专辑送给木耘，大笔一挥，在盒带上划上了他们的名字。夏雨过后的夜晚，尔羽陪着木耘在街心公园散步，或陪她一起听《情深深雨濛濛》的那些歌曲，有时候他就自己唱给木耘听。

尔羽有时候会突然出现在木耘面前，去敲她的门。木耘初时以为是别的朋友，或是房东来收房租或交代什么事情，开门，一张温暖灿烂的笑脸冒了出来。看到尔羽，她的心就突突地跳，像要被抓住的小兔。那是木耘当时最幸福的一件事情。

和尔羽在一起后，木耘再没做过那个骑士的梦。那些明蓝色的花朵，偶尔还会闪现在木耘的一念里，可都已经远去了。

H.

不管从哪里上车，或者从哪里下车，木耘到达的地方只有一个，星城。除了那位隐居在城市的老者，木耘再没听到第二个人提起蓝玫镇。很多时候，木耘一度认为自己即将要找到那个有明蓝色花朵的城镇，可去了后，却发现那里完全不是。

奔波的劳顿，让木耘甜蜜而忧伤。

星城还是上次来时的旧样子。一个旧城的好处，就是它永远看起来都是旧的，不用担心有什么变化，变也变不到哪去。卖糖葫芦的还是那小伙子，只怕十年，二十年，再来星城，卖糖葫芦的还是他，拉箱运货的还在拉箱运货，叫卖“星城地图”的婆姨也还在叫卖“星城地图”。

“姑娘，要糖葫芦吗？”卖糖葫芦的小伙子过来搭讪。

奇怪，每次来星城，都有人主动找木耘搭话，不是拉顾客的，就是抢顾客的，她觉得很郁闷，这里只有商人吗。

木耘回神，转向“糖葫芦”：“你这里除了糖葫芦，还卖什么吗？”

“糖葫芦”愣了一下，显然他没料到木耘会这么问。他倔强地说：“俺只卖糖葫芦。”

木耘轻笑：“如果你这里卖其他什么的话，我会考虑买一点。我不需要糖葫芦。”

“那恁到底是想要啥东西啊？”“糖葫芦”生气地问。

“譬如爱情。”木耘说完，向久洲宾馆走去。

“爱情？爱情咋能当东西卖啊？”“糖葫芦”真的生气了。

他已经先到达了宾馆。木耘一进房间，就被他抱了起来，天旋地转。“耘，我很想你。”耳边呢喃的话语，扰乱了呼吸，木耘只看到天花板。木耘委屈地想哭，不理他。他俯面吻了上来，木耘的眼角湿湿的。

又一轮舞蹈开始了。错乱的手指，肆意在水里舞动，轻软地贴在木耘的身上，那些明蓝色的花，闪闪烁烁，疯狂地盛开。星城，星城……

忘记从何时开始，久洲宾馆已成为他和木耘幽会的秘密基地。他是迷恋着木耘对他的好的。每次木耘来时，那些特意为他准备的吃食，都是他年少时的最爱，还有木耘自己发明的薄荷红枣茶，那种清幽的薄荷夹杂着香郁的红枣的味道，淡蓝的水气氤氲，使他深深迷醉。关键，这些都是木耘带来的。

生活里，并不是所有的薄荷糖都能泡出那种茶，只有一款可以，只有木耘知道。

为相见方便，木耘办了宾馆的会员卡。宾馆规定，如果一年内累积住够15天，是可以免费向客人提供一天住宿的。木耘觉得这是值得的。偶尔，木耘会和他开玩笑，不知道我们是否住得够15天？说完，怏怏地笑。

木耘每次来，都只能选在周末。他通常是周六上午匆匆地来，刚过一晚，便得走了。时间仔细算起来，都不满24小时，有时候，他再耽误一些时间，令木耘等上他几个小时，便剩下十几个小时了。木耘真正领会了“时间如驹”这句话。

每次的等待，木耘都觉得时间是那么难捱，像在水上煮着、火上煎着一样，还得自己把委屈忍下，谁让这是她自己寻来的苦果呢？

I.

星城。木耘没有再去。那辆列车还在开。全国的火车都一样，都是要开往去处的，再从去处开走，绕了一个弯子，又开回来处，周而复始。人生就是一个循环，你走了很远后，突然会发现你又回到原地，可已经不是原来的原地了。月亮很大，木耘想，他一定很爱他的未婚妻吧。而自己，又算什么呢？

他给木耘的电话愈来愈少。

开始，木耘和他一周见一次，有时他来，有时她去。然后，变成两周见一次，甚至一月或两月见一次。有时候木耘给他打电话，好久没有人接，有时候接了，他也总是称忙，匆匆把话说完，把电话挂断。

那些明蓝色的花纷纷落去，梦空空的。

从前，他对木耘说，家里人又给他介绍女友了。现在，他终于订婚。那个女子，漂亮，温柔，而且有钱有势。

寂寞的夜，木耘被星城啃噬得无法入睡。很多时候，木耘都在想，不知道此刻他在干什么，会不会像她想他一样在想她。看着那张星城的宾馆会员卡，还有两次，就可以用完，可现在，好像用不着了。

木耘又想起了蓝玫镇，那个神秘的镇子，那所“飘雨浮云”花园。

木耘想了几天，对他说：“我们一起去海边吧，我还没有看过大海呢。”木耘喜欢张雨生的《大海》和《一天到晚游泳的鱼》，她觉得自己就是那样一尾只能生活在水里的孤独游泳的鱼，她希望大海可以带走她的哀愁。

七月，木耘和他一起去了海边，日照小城。传说，日照是因为每天太阳升起时，阳光最先照到这个地方而得名，是迎来阳光和希望的意思。木耘不知道在这里，是否还可以召回自己的希望。

海边的风很大，木耘赤脚走在沙滩，用一根树枝在沙滩上勾勾画画。他在远处的海水里游泳。他也是一条鱼吗？木耘看着大海。

她在宽阔平坦的沙滩上画了一幅巨大的画，雄伟的帆船，船上有两个人相依相偎，她希望他们手上捧着蓝玫瑰。船底的海水里倒映着满天的星辰，还有海蟹、海星、各种各样的鱼，帆船的远处是巨大的棕榈，还有高飞成黑点的海鸥。帆船的甲板上方，题着一首爱情小诗，里面暗含了木耘和他的名字。

海滩上稀稀疏疏的几个人走了过来围观。木耘画着画着，一颗热泪打入了沙子里，深深地融入进去。他走了过来，震撼地看着那幅画，从背后轻轻拥住木耘。

木耘怆然微笑，说："大海涨潮时，会抚平沙滩，把我们的爱带入海底深处。"说完，木耘没有回头，向大海那边走去，只留下一个远远的落寞的背影。

从日照小城回来时，木耘什么都没带，只带回了一堆从海边捡回来的石头，而他带回家一小桶海石上抓来的小螃蟹。他已经忘记，木耘是最害怕小螃蟹的。

J.

尔羽开始在碧城一家生物技术公司上班。上班前那段时间，尔羽开始热衷于上网，经常泡在网络里。上班后，他早出晚归，住在公司附近的单身公寓。木耘又开始做那些明蓝色花朵的梦。细细的雨丝，淋湿了木耘的头发，轻云浮动，幽暗的蓝玫瑰花枝摇曳，木耘在哭。那个骑士又来了，哈哈地笑着，仍然一手执剑，一手握着一把蓝玫瑰。雨大起来，云聚拢成团，包裹着木耘的眼泪。

木耘不放心尔羽的工作后的脾性，经常过去看他，顺带着帮尔羽收拾一下房间。初时，尔羽还坚持每天给木耘几个电话，说一下自己的工作。后来，电话越来越少。木耘觉得不太对劲，但也没太在意，心想，也许是工作太忙碌吧。

周末，木耘从超市买了好贵的苹果，她知道尔羽爱吃苹果，对身体有好处。木耘没有告诉他要去，想给他一个惊喜。快到公寓时，木耘接到了尔羽的电话："我这周有事情，要去外地。"木耘问："去外地做什么啊？"尔羽犹豫了一下，说："我去外地见一个人。"

木耘的心痛了一下："是不是一个女人？"

"我爸妈说我们不能在一起，他们就我这一个儿子，我不能让他们伤心。"尔羽轻声说，"再说，我也只是去看看。”

木耘手里的苹果落在了地上，散了一地。在回来的9路车上，木耘呆呆地望着窗外，夜是那么的黑。

尔羽还是去了那个城市。那个女人叫茳枫，是尔羽通过网络认识的。

尔羽第一眼见到茳枫时，有些失望，她实在太平凡了，和她在网络上给人的感觉完全不一样。茳枫请尔羽在酒店吃饭，彬彬有礼，温和而周到。尔羽突然觉得，被这样的女人照顾一辈子也挺好。尔羽改变了对茳枫的看法，那两天他过得很愉快。

可那两天，对于木耘，像是过去了两年，她一下子苍老了许多。木耘给尔羽发了很多条短信，都是石沉大海，没有回音。

木耘反省自己，是自己哪里做错了吗？那些幽暗的蓝玫瑰又忽闪起来。

夜是那么长，梦是那么短，来不及做完，就匆匆要醒。木耘呆呆地望着沉默的手机，想起尔羽父母的神情，或许，放手也好，给尔羽解脱，也解脱自己。木耘主意一定，有种大病初愈的安然。

“嘀”一声，是短信。尔羽说，他明天就回来了。木耘突然失神。

第二天，尔羽上车时，茳枫悄悄往尔羽书包里塞了五百元钱，说：“对不起，我已经结婚了。”尔羽愣愣地，半天没反应过来。

K.

很长时间没有他的消息和问候。星城的星光还是那么亮吗？久洲宾馆旁边的鸡丝米线店是不是还在那儿？挨着鸡丝米线店的那家烧饼店的烧饼真好吃，还是玫瑰馅的。

木耘一直强忍着自己不去想他，断断续续地给他写了很多信，没寄出。撕了，又重写。封上信口，拆下，又重新封上。忍不住的时候，也会给他打电话。那边总是传来一声轻轻的“喂”，说几句日常问候的话，之后，就是沉默，不知道再说什么。

木耘有时候会在电话这端轻轻地啜泣，像她曾经在飘雨浮云的梦里那样哭泣，那边沉默着。再等一会儿，那边就会焦急地说，“要不，先这样吧。”“好吧。”等不及木耘挂电话，那边电话就挂了。再后来，他会说，他未婚妻很爱他，他很幸福，然后沉默。木耘讪讪的，眼神黯淡下去。

六月，木耘的生日刚刚过去。他突然提出要从星城来碧城看她，木耘不同意，她决定真的忘记。他不听，仍是来了。他还是那个样子，一年不见，似乎更加成熟了。木耘接过他的行装，没有按惯例给他一个进门吻和拥抱。木耘静静地倚在沙发上。他讷讷的。

“你还是那么瘦。”他搓着手，在木耘面前踱步。一步，两步，七步，走过去，又走回来。木耘没有开口，沉默着。一分钟，两分钟，十分钟过去了，气氛似乎有点尴尬。他尴尬地笑笑，坐在沙发上，端详着木耘。皙白的脸更显瘦弱，嘴唇像一片花瓣，忧郁地开着。她还是那么安静，好像比从前更多一份内敛。

他伸手拉住木耘，抚摸着她，她的手还是那么凉。木耘没有反抗，终究还是栽了下去。原来看张爱玲的时候，木耘一直不明白，为何胡兰成生性凉薄，对卿如斯，张爱玲还是那么爱他。胡兰成负了张爱玲一世，而张却爱了他一生，寂寞终老。现在木耘终于明白。

木耘压抑着情绪的起伏，突然问他，“你爱我吗？”

他犹豫了一下，没有回答。木耘微叹一口气，算了，不用回答了。木耘怆然低落的情绪一转，笑嘻嘻地双目盯着他，“我们做爱吧。”

“啊？”他呆了一下，没反应过来。他没想到木耘会突然说出这样的话。木耘一拉他，他跌落在了木耘的身上，温软轻香的气息扑面而来，他一阵眩晕，紧紧抱住了木耘。他迷醉地把脑袋埋在木耘的肩膀里，他没有看到，木耘的眼角，有一颗流星，划了过去。

事毕，这次他走后，木耘一直没有和他联系。倒是他常来短信，木耘已经懒得回。

中秋时，木耘突然想打电话问候一下他。那边还是轻轻的一声：“喂。”木耘保持镇定：“是我。”他显然没料到，讪讪地说：“我正在和她一起逛街看月亮呢。”木耘窘了一下，也讪讪地：“那你忙吧，有时间再聊。”

“喂，先别。”他走到一旁，找到个偏僻的角落。“你还好吗？”木耘犹豫了一下，“嗯”了一声。

他迟疑一会儿，说：“你以后最好不要在晚上给我打电话了吧，有点不方便啊。”他的声音低了下去，“最好白天上班时间打吧。”木耘心一凉，彻底掉了，空空落落的。木耘深呼吸一下，好像压抑在心里很久的痛，突然化开不见了。那些明蓝色的花儿，又要开了。

木耘再没跟他有过任何联系。记得那天，他说：“我在看月亮，你也看吧。”木耘抬头望天空，没有看到月亮。只有高高密密的楼层，有暧昧的灯火闪烁。高楼大厦林立的城里，是看不见月亮的。

木耘看到很多张面孔，很多不同的笑容。他的面孔也在其中，忽闪而过。木耘冲自己微笑一下，恍惚看见那些明蓝色的花儿，在忧伤地哭。

L.

木耘还是没和尔羽分手成功。尔羽偶尔还会接到茫枫的短信，木耘远远地看着他，不说话。有时侯，尔羽要给茫枫回电话，木耘就走到一边去。她从来不问他们怎么了，只是默默地承受生活给自己的一切。

公司内部的竞争日益激烈，尔羽直率的性格难以融入其中，木耘也建议他离开。在木耘一位新闻界朋友的推荐下，尔羽开始到一家报社做记者。每天的匆匆忙忙，反而成就了生活的充实和平静。

那时是冬天，在结束了一天的采访后，尔羽搭公交车披着城市夜晚的灯火回家。走到公寓楼下时，远远看到厨房亮着灯，木耘在忙碌地准备晚饭，尔羽会觉得幸福。

木耘也时常帮尔羽留意新闻线索，有了好的线索，赶紧告诉他，让他去采访。有时候，尔羽采访回来，会出其不意地给木耘带一些小礼物，一张卡片、一包栗子什么的。木耘会像个孩子似的高兴半天。晚饭后，尔羽整理自己的采访资料，计划明天的工作，木耘默默地在一旁把当天刊有尔羽采写新闻的报纸，小心地剪下，贴在剪报上。

直到有一天，尔羽和茫枫再无联系。

木耘时常会梦见尔羽的妈妈。在一个似曾相识的院落，尔羽的妈妈高兴地拉着木耘的手，温暖地和她说着话。那些话的意思，总是很模糊，好像是在说木耘的善良和美好，尔羽的女友（另一个女孩子）是比不上她的。木耘感到难言的忧伤。

木耘走到客厅，看见一个很可爱的小男孩，五六岁的样子，好像是尔羽的儿子。小男孩定定地看着她，手上握着一枝蓝玫瑰。木耘冲他笑，亲切地招他过来。低头喃喃间，尔羽走了进来。木耘无法移动，也不敢抬头相望，她怕自己控制不住眼泪。

尔羽步履蹒跚，鬓角半青半白，好像间隔几年没见的样子。他泪眼迷蒙，脸庞清晰而憔悴。

那一瞬间，忽然定格。

在尔羽和木耘最安宁和谐的时候，尔羽的父母却逼着尔羽回家工作了。不许他再停留在这个城市。他们是绝对不容许自己的儿子和木耘在一起的。

尔羽终于回到了星城。他走时，把那串佛珠手链留给了木耘。

碧城，开始下雪，越来越大。

M.

木耘经常会思考一个问题，爱情是什么？

想着想着，木耘会在梦里偷偷地哭。有时候，会梦见她和尔羽在吵架。那串佛珠手链，突然自己断开，散碎的珠子滚落一地。木耘努力地去捡那些珠子，已经找不全了，有一些珠子滚落在床底下，门外边，突然消失不见。木耘嘤嘤地哭。

她幽怨地望着尔羽。尔羽没有说话。他盯了木耘一眼，转身下楼。木耘急忙跑到阳台，焦急地喊他。尔羽冷冷地回头看木耘一眼，招招手，一辆的士停下。

尔羽还是走了。

梦醒时，木耘就发现自己脸上真的有眼泪，真的在梦里哭过。在幽暗的夜里，她孤独地抱着自己，坐到天亮。她很困惑，世界上真的有蓝玫镇吗，真的有“飘雨浮云”花园吗？

生活给了你爱情，也会在你的心上狠狠地刺上一剑。就像木耘经常梦见的那个一手拿剑，一手握着蓝玫瑰的骑士。

她终于知道，妈妈为何去了蓝玫镇没有再回来，永远的留在了蓝玫镇。风吹着铁轨，日升又日落，木耘不再跑来跑去。

在尔羽把佛珠手链戴在她手上时，木耘就明白了，尔羽就是她要找的那个人，而佛珠手链就是那把钥匙。可是，他们明白得太晚了。

CHAPTER 2

福尔摩斯的青春谜题

从见到乔魏的那天起，黎小刀的心里就生了一个秘密。这个秘密，埋藏了很多年，初时黎小刀没有发现，它就像慢性毒药，等黎小刀发现时，这个秘密已经蔓延到她整个心底，无药可医。

那天，黎小刀站在学校门口，春天的杨絮飞得到处都是。乔魏走过来时，黎小刀正在望着杨絮发呆。

"黎小刀同学。"

黎小刀一抬头，一个短短头发的男生正顶着一张太阳般的笑脸看着她。黎小刀还真不习惯他的那种笑，觉得心突突地跳得厉害。黎小刀知道他，乔魏，和她同届，一墙之隔的隔壁班的男生。虽说他们认识，在校园里碰见过数次，可他们从未打过招呼。今天是怎么回事？

“听说，你喜欢看书，我这里有一本《福尔摩斯探案全集》，不知道你是否感兴趣？”乔魏一脸真挚。

不错，黎小刀的博学和爱书如命是在全校里出了名。可一本书，就想收买她？没那么容易。黎小刀觉得乔魏的殷勤很可疑，就想看看乔魏在耍什么把戏。

于是，她跟着乔魏一起去拿书。一路上，两人并未搭话，乔魏一直腼腆地笑。

黎小刀知道福尔摩斯，是很机智和勇敢的一个侦探，可以破解任何谜题。黎小刀想，找男朋友就要找福尔摩斯那样的人，男人一定要有头脑，不是吗？

自从借书事件后，黎小刀总会有意无意地在校园、食堂、放学回家的路上遇见乔魏。他们不怎么说话，偶尔打个招呼。有时，冲对方微微一笑，也许，他们根本就没有笑，黎小刀是不会承认自己笑过的。黎小刀安定地看乔魏几秒，就把眼神转开。黎小刀觉得骑着赛车的乔魏像风一样，呼啦一声就飞了过去。

有时候，黎小刀觉得乔魏的笑很恍惚。那笑里藏着一种捉弄人后的古怪，又有着一种得意的暖意，黎小刀捉摸不清楚乔魏的意图。她越想越恼，开始厌烦他的笑。

黎小刀想，乔魏一定是来捉弄她的。

黎小刀不再想乔魏的事情。下课了，黎小刀和女同学在校园里疯，追逐着打闹，嘻嘻哈哈，没一点淑女的样子。

乔魏经过，停在那里，和别的同学搭着话，眼神却会装作不经意地瞟向这里。黎小刀看见了，装作没看见，打闹得更厉害。让你捉弄我，我就是要让你看看我多么潇洒自在，我才不会受你影响。

等黎小刀嘻嘻哈哈转身再看时，乔魏已经不见踪影，只剩下一棵独立在那儿的梧桐树，巴掌大的叶子呼呼地响。

黎小刀安静下来，莫名地失落。女同学再喊她玩，黎小刀怏怏的，说不好玩，该上课了。正好，上课铃响，同学们鸟一样飞进教室。

在课堂上，黎小刀忍不住走神。乔魏到底是什么意思。

黎小刀想起来那次，傍晚放学后她去校外商店买文具。从学校的门口到下街的商店，有一个不大不小的坡度。从下街商店回来时，昏暗的夜色披在她的肩上，远处闪着几粒寒星。黎小刀走在坡的前面，乔魏跟在坡的后面，还有零零星星其他几个学校的学生。

黎小刀听到乔魏在扯着嗓门唱："太阳出来我爬山坡，爬到了山顶我想唱歌，歌声飘给我妹妹听啊，听到我歌声她笑呵呵"这是很老而且很土的一首歌，黎小刀不喜欢这种类型的音乐，她从来不听，也不了解。

乔魏的歌声一颤一颤的，黎小刀突然觉得脸颊很烫。她第一次发现自己在脸红，即使在夜色的掩盖下，还是如此灼热。

放暑假前，学校组织全校的同学去看电影。按照规定，各个班级的同学自成一队，按班级分配座位就座。黎小刀站在了班级队列的最后位置，队伍两排并列，徐徐地前进。

黎小刀看到了乔魏。

乔魏的队列与黎小刀的队列并列，他也站在队列的最后位置。黎小刀迅速紧张起来，她不知道乔魏是故意的，还是无意的，他并排和她站在一起，手与手之间的距离，只有10厘米，触手可及。

黎小刀的手心冒出细细的汗。乔魏一脸的若无其事。

从学校到电影院短短的距离，黎小刀是觉得那么漫长。黎小刀想，这个瘟神，一进影院我就和他分开。

电影院里人声嘈杂，同学们兴奋得尖叫，很久没这么解放过了。黎小刀没能如愿，一进影院，同学们就乱了套。黑暗中，她的手被另外一只手拉了起来，拖着她跑到仅剩不多的后排座位上。

黎小刀以为是自己的女同学。等坐定后，她才发现是乔魏。乔魏正看着她，黎小刀有些发窘。

“这不是我们应该坐的座位。”黎小刀嗫嚅着说。

“现在已经没座位了。”乔魏望望四周，“同学们已经坐乱了，我们就坐在这里吧。”

黎小刀沉默着，表示同意。

黎小刀不再说话，乔魏也不说话。电影开始了。黎小刀虽然目不转睛地盯着屏幕，心却不知道飘到哪里去了。

乔魏突然悄声说："你手心出汗了。"黎小刀一惊，发现自己的手还在乔魏的手里握着。脸一红，急忙把手抽离出来。

乔魏也窘窘的。

"你是不是很热，我给你买雪糕去吧。"乔魏说。

"我，我不热。"黎小刀想止住他，可乔魏已经从侧道潜伏出去。

十分钟后，乔魏托着两只雪糕溜了回来。黎小刀握着雪糕出神，连雪糕化了都不知道。

那晚的电影，黎小刀一直想不起来它的名字。留在她记忆里的只有乔魏握着的她出着细细汗珠的手，和那只融化掉的雪糕。

第二天，黎小刀去把《福尔摩斯探案全集》还给乔魏。那本一千多页的书，她终于看完了，也爱上了福尔摩斯这个人物。

还书时，黎小刀看到乔魏正和一个女生亲密地坐在一起，专注地看着那个女生，不停地在讲解着什么。黎小刀突然很生气，她无法忍受乔魏用那样的眼神去看那个女生。

黎小刀把书往桌上一扔，说：“我走了。”

乔魏一愣：“你还要不要看别的书？”

“不看了。”黎小刀走的时候，她以为乔魏会挽留一下或者冲过来追她。乔魏没有动。黎小刀觉得自己很委屈，她发誓再也不理睬乔魏了。

黎小刀开始专心复习，准备高考。

在校园里遇见乔魏时，黎小刀不再看他。乔魏总是想和她说什么的样子，欲言又止，擦肩而过时，黎小刀心里有一些难过。黎小刀开始闭门不出，整日躲在教室和宿舍复习功课。日子久了，黎小刀也逐渐习惯。本来，青春的时间就很有限，黎小刀不会让自己浪费。

黎小刀再没遇见乔魏。偶尔，在同学那里听说，乔魏找了一个女朋友；后来她又听说，学校严禁早恋，乔魏被开除转校了。

所有的蛛丝马迹，在青春的急促里一晃而过，来不及思索和体会。黎小刀终于考上了喜欢的大学，离开了这个地方，走得毫不留恋。

遇见汪笑扬，是在夏天傍晚下班后，那会儿刚下过雨。

大学毕业，顺利找到一份工作成为公司白领的黎小刀顺理成章地留在了这个城市。虽然工作收入不错，但有时她觉得很孤独。黎小刀走在街边，沿着马路的石边，小心翼翼地挪动，她的裙摆飘逸，像跳芭蕾舞一样。

汪笑扬开车经过时，看到这样的一个女孩子，踮着脚沿着马路的石边小心翼翼地走着，像跳舞一样，他被迷住了。

车轮溅起的泥水染了黎小刀一身。黎小刀愠怒地望着汪笑扬："你怎么开车的？"

汪笑扬并不生气，看着黎小刀生气的样子，觉得很可爱。

"作为赔偿，我请你吃饭。怎么样？"汪笑扬的笑里透着得意，仿佛黎小刀一定会答应他的邀请。

黎小刀毫不客气。她今天太无聊了，她需要找个人说说话。何况，是他先弄脏她的裙子的。

黎小刀点了三杯热巧克力，两包薯条，一对辣鸡翅，一个超级大汉堡。汪笑扬哑然失笑。他本来以为黎小刀不会这么轻易答应他的邀请，他本来以为黎小刀会拉他去点鲍鱼翅痛宰一顿。黎小刀撇撇嘴，她最厌恶自以为是的男人。

黎小刀潇洒地对汪笑扬说："你吃什么请随便！"

没想到黎小刀这么可爱。汪笑扬含笑看着她。

吃完饭，雨又淅淅沥沥地下了起来，夜色沉沉。黎小刀坚持不让汪笑扬送她回家。

汪笑扬说："我很怀念小时候下雨的时候，伙伴们一起中学去蹚雨。那种童年的感觉真好！我们现在去蹚雨好不好？"

汪笑扬的话让黎小刀始料不及，却又有些心动。

汪笑扬握着黎小刀的手，脱掉鞋子，一步一步走在雨里。黎小刀很紧张，她的手心出了细密的汗，心怦怦直跳。她第一次和一个陌生男人牵手走在大街上，还是下着雨。

经过小卖部时，汪笑扬说："你热不热？我们买雪糕吃吧！小时候我们经常吃的那种。”

黎小刀心里一动，仿佛这情景曾在哪里见过。

黎小刀说：“好。”

汪笑扬开始经常约黎小刀出去吃饭，逛书店。黎小刀不再那么无聊，她开始乐于享受汪笑扬的体贴和暖意的笑。

黎小刀终于成为了汪笑扬的女友。

那天，很久没联系的一个中学同学来电话。黎小刀有些惊喜，有些怅然，感叹世事的变化。她突然想起了乔魏，她现在才明白，那就是青春里的喜欢吗？她有些感伤。黎小刀试着问同学：“你和隔壁班的同学有来往吗？你知道他们现在的消息吗？”

同学说没有。黎小刀有些失落。

“不过，我可以帮你打听。”同学笑嘻嘻地说，“你想知道哪位帅哥的啊？”

“去你的。”黎小刀的心怦怦然乱了。

中学毕业后，黎小刀就基本和所有同学失去了联系。

黎小刀给能联系上的几个中学同学都去过电话，自从毕业后，他们都不再有乔魏的消息。她也试着按乔魏老家的地址去过几封信，但都如泥牛入海，毫无回音。

汪笑扬并不明白黎小刀内心的起伏，一如既往地对她好。有时候，黎小刀就想，就此放弃算了，她知道汪笑扬对她有多爱，但那段淹没在岁月里的情愫随着时间的流逝，反而越来越清晰和深刻。汪笑扬不是福尔摩斯，但她一样爱上了他。

那天，在书店，黎小刀看到新版的《福尔摩斯探案全集》，眼泪一下掉下来。她拿起，又放下，那是她整个的青春岁月。她想，如果爱情是个谜题，福尔摩斯会正确解题吗？

答应帮她找乔魏讯息的那个同学终于来了电话。听说乔魏上了大学，毕业后来到了Z城。

黎小刀有些哑然，Z城正是她现在所在的城市，庞杂得无处寻觅。乔魏就像水滴消失在海里一样，彻底不见了踪影。黎小刀一直想象着他们重逢，只为问一声，你还好吗？可她一直没能遇见。她时常会想起那温暖的一握，那融化了的雪糕，可它只能永远深埋在记忆里了。

很久以后，黎小刀才知道，那天傍晚在坡上，乔魏唱的是火风的《大花轿》。后面有一句是乔魏没有唱出的。“抱一抱那个抱一抱，抱着我那妹妹呀上花轿。”俗得艳丽，美得令人心痛，充满爱情的惘然。

CHAPTER 3

青春不需要含羞草

唐小梨特别喜欢雨果在短文《石头下面的一颗心》中所说的一句话："如果你是石头，便应当做磁石；如果你是植物，便应当做含羞草；如果你是人，便应当做意中人。"唐小梨想，她会是谁的磁石，谁又会是她的意中人呢?

唐小梨是那种特别其貌不扬的女孩，还很花痴。走在路上，看见帅哥，眼睛就会眨个不停。她暗暗赞叹流小苏的芳华四射，无愧于"校花"的称号。唐小梨喜欢流小苏，爱美之心人皆有之，但她更喜欢流小苏的男朋友。

流小苏的男朋友徐若寒是大学附近一家台球馆的小老板，要模样有模样，要气质有气质，痞痞的，像极了古惑仔。据说，他可以一杆打进球洞两个到三个球。这些都是别人说给唐小梨听的，唐小梨再添油加醋地说给别人，谁让她那么喜欢徐若寒呢。

别人都不知道唐小梨的心事，孟坏坏可是观察得一清二楚。孟坏坏找到唐小梨说："我们是好哥们儿吗？"唐小梨说："是"。孟坏坏说："好兄弟讲义气，我们要互相帮忙。"唐小梨问："帮什么忙？"孟坏坏在唐小梨耳朵边耳语一番。

唐小梨说："我不干。"唐小梨很生气，孟坏坏居然让她去勾引徐若寒，因为他要去追流小苏。唐小梨想，还不如让她去跳黄河来得容易。可是，没有孟坏坏这个借口，唐小梨怎么好意思去主动接近徐若寒呢。

周末，唐小梨换上她最炫的运动牛仔，用条花花绿绿的头巾把头发胡乱一扎，站在徐若寒的台球馆里东张西望，她还没打过台球呢。很少有女孩子进台球馆，几个调皮的男生冲她吹口哨，唐小梨不理睬他们。

唐小梨终于看见了徐若寒，她的心怦怦直跳。把徐若寒据为己有，是唐小梨长久以来的梦想。唐小梨溜到徐若寒的身边，把手大咧咧地搭在徐若寒的肩上："哥们儿，能不能教我打台球啊？"唐小梨紧张得手心都冒出了汗。徐若寒像看一只捣乱的小狗一样看着唐小梨，这可是第一次有女孩子来要求学习打台球。流小苏就不喜欢这些，很多女孩子也不喜欢这些，她们就喜欢逛街、化妆、买衣服、谈明星的八卦，爱好的体育运动不是跳健美操就是做瑜伽。

徐若寒奇怪自己居然答应了唐小梨。

唐小梨屁颠屁颠地去向孟坏坏报告喜讯，在校园里碰见流小苏。流小苏并不认识唐小梨。唐小梨截住她，桀骜不驯地对她说："徐若寒答应和我约会了，你不会生气吧？"流小苏瞪大眼睛，吃惊地看着唐小梨，愤怒写满眉头。

唐小梨不理她，说完就走。流小苏在身后喊："臭丫头，你是谁？告诉我你的名字！"唐小梨做贼心虚，不敢报出自己的名字。

唐小梨期待的结果一直没有出现，她每天都等流小苏不在的时候，悄悄溜到台球馆去学打台球。她仔细观察着徐若寒的表情，没有任何异动。有一天，她躲在远处看见流小苏扇了徐若寒一巴掌，然后徐若寒再回扇给流小苏，看两个人的降龙十八掌比试个天昏地暗。

唐小梨有些内疚。但内疚也抵挡不住对徐若寒的喜欢。唐小梨在宿舍楼下遇见孟坏坏，他正拉着一个秀气的女孩的手，唐小梨气不打一处来。她提起孟坏坏的耳朵，孟坏坏“咿呀咿呀”地喊疼。“你说我怎么办？如果徐若寒知道了是我捣的鬼，我就死定了。”孟坏坏龇牙咧嘴地说：“你先放了我，我给你说。”唐小梨松了手，孟坏坏躲到一边说：“你就直说你喜欢他呗！”呸，这算什么鬼主意。唐小梨看着一肚子花花肠子的孟坏坏，原来是个胆小鬼。

唐小梨望着一脸幸福远去的孟坏坏，他早已忘记流小苏了吧，现在居然和别的女生搅在了一起。

唐小梨感觉自己上了个大当，她一辈子的幸福就要这么完了吗？唐小梨不甘心，就是死，她也要孤军奋战。

唐小梨找到徐若寒，眨巴眨巴眼睛说：“祸是我闯出来的，我会为你负责！”唐小梨的心突突地跳，脸红得厉害，这是她说过的最肉麻的话了。徐若寒冷眼斜视着她：“你以为你是谁？”唐小梨不知所措地站在那里，她料想过结局，要么答应，要么拒绝，却没想到是讽刺和嘲笑。

她忍着喷薄欲发的眼泪，夺门而出，一手捂着眼睛，一边不停地咒骂风太大。

其实早该知道的，徐若寒是不会喜欢她的，他只喜欢流小苏那样娇媚美貌的女孩。唐小梨也咒骂孟坏坏的临阵脱逃，不够哥们儿义气。

唐小梨照常到台球馆学台球，徐若寒见了她爱理不理的，让她自己练习，偶尔心情爽的时候，也会过来指点她几招。有时候，唐小梨会在台球馆遇见流小苏，她眼神复杂地看着唐小梨，像看一条毒蛇。

唐小梨暗暗地高兴，流小苏终于感受到了她的威胁。唐小梨这朵喇叭花终于和流小苏这朵芍药花打个平局。流小苏笑意盈盈地问唐小梨："你真的觉得若寒会喜欢你吗？你看你，整天像个假小子似的。"唐小梨毫不示弱："也许，若寒会觉得我可爱呢。"唐小梨把"若寒"两个字叫得格外甜腻。

流小苏气极了，她伸手给了唐小梨一巴掌，流小苏还想再扇第二巴掌，却被一只手生硬地拦截下来。唐小梨委屈至极地看着徐若寒，泪水已落了下来。

徐若寒气急败坏地说："流小苏，是不是因为你是校花，你就可以随便打人？"流小苏也很委屈，她突然号啕大哭："你们一起欺负我。"徐若寒不理睬她，拉着唐小梨去洗脸。

徐若寒用湿毛巾擦过唐小梨脸上的红印，轻声问："还疼不疼？"唐小梨本来不疼了，被他这么一问，她又委屈地点了点头。

唐小梨终于对台球一知半解，有时运气好，她也可以一杆进两个到三个球。徐若寒告诉她，打台球一定要手稳、眼准、有力度。其实，台球不只是一种娱乐，更是一种数学、物理学、哲学的综合。唐小梨听得似懂非懂，她在想，爱情是不是也是这样？

唐小梨和流小苏和好了。就因为，徐若寒没有和流小苏分手，流小苏觉得自己冤枉了唐小梨，她并没有抢自己的男朋友。流小苏找到唐小梨，拿出一双最时尚的护腕送给唐小梨，唐小梨第二天就用上了这双护腕。

徐若寒眼神亮晶晶地看着护腕，看唐小梨表演台球杂技，她一个球都没进，全跑偏了。唐小梨被他盯得方寸大乱。

看着徐若寒和流小苏般配地出双入对，唐小梨想，她是否还有表白的必要？说来说去，她还是没有成为磁石，没有吸引来徐若寒做使者护花；充其量，她只能做一株含羞草，默默地躲在一边，看别人的风景爱恋。

古人云，有所失，也必有所得。她成为了徐若寒和流小苏最铁的哥们儿。他们出去吃喝玩乐，总会带上唐小梨。但是，尽管没有了唐小梨的介入，流小苏还是没和徐若寒走到一起。因为面临毕业分配工作的问题，流小苏随一个追求他的高干子弟去南方开办了公司。

唐小梨为他们的爱情惋惜，他们确实是很相配的一对。唐小梨和徐若寒坐在操场上，说了很多话，那是他们相识以来说话最多的一次。那天，恰好是个傍晚，紫色的斜阳就要落下，闪耀的长庚星已然升起。

徐若寒没有太多的悲伤，对于恋爱，他早已看得明白。流小苏只是喜欢看他耍酷和放荡不羁的样子，并不是真正爱他。毕业以后说分手，是再寻常不过的事。只是，他没料到会这么快降临到他身上。

唐小梨看着徐若寒落寞的笑，心里微微地疼。她怀揣着一封长信，那是写给徐若寒的。没有了流小苏，唐小梨也没有了顾忌。

唐小梨的手直抖，她想把信交给徐若寒。再不给他，毕业离开后，她就再没有机会。这是唐小梨青春里的秘密，她一定要搏一搏。

偶尔，和孟坏坏通电话，他早已忘记让唐小梨帮他一起追流小苏的事，那只是当时他的一时兴起。唐小梨微笑着听孟坏坏说着他的风花雪月。

唐小梨没有告诉孟坏坏，她现在也谈恋爱了，她男朋友的名字叫徐若寒。那年唐小梨写给徐若寒的长信，被唐小梨“无意”丢在了徐若寒台球馆的垃圾篓里。唐小梨走的时候，徐若寒对她说，他要关闭台球馆，重开家网球馆，听说白领女性流行打网球。

时间真的可以改变人心，也可以改变爱情。唐小梨不再是那个大大咧咧、梦想着和帅哥恋爱的假小子女生，她学会了抿嘴微笑，她不再打台球，她现在只打网球。

C H A P T E R 4

青春里我们都曾任性

从萧非家出来的时候，我突然很厌恶自己。我决定，以后再也不见萧非了。

走在回宿舍的路上，月亮冷落落地照在我的肩上。萧非的味道似乎还残存在我的身上。

今天下午，在校园里遇见萧非，萧非眼睛一亮，笑嘻嘻地说："小然，你真好看！我觉得你比较适合当我的女朋友！"我白眼一翻，说："就你？！"

早就认识萧非，他喜欢我，我知道。重要的是，我不喜欢他。

那时，我有自己的男友，肯肯。看着我和肯肯浓情蜜意的样子，萧非一如既往地给我送玫瑰花，发暧昧体贴的短信。我不屑地把玫瑰花扔在地上，他的短信看也不看就删除掉。有时候，我有点可怜萧非，我有什么好，让他这么念念不忘，大概就因为是不爱的人，所以有恃无恐吧。

肯肯鄙视萧非的所作所为，在萧非面前就愈加和我亲密，故意刺激萧非。

可是，今天我和肯肯吵架了。这已经是我们第167次吵架了，原因就是他多看了隔壁班的校花两眼。我不是小鸡肚肠的女孩，但捍卫自己的爱情领地属于正当防卫。最主要的是，肯肯因为看校花，在林荫道上摔了跟头，不肯陪我去买冰激凌。

肯肯坐在地上，训斥我不够淑女、温柔，不够美丽、大度。我委屈得想掉眼泪，早知如此，何必还谈恋爱？

不知道萧非是偶然路过，还是跟踪了我们很久，他说：“走吧！我请你吃冰激凌去！”

我看看板着面孔的肯肯，觉得他太自私，我得给他个教训。我说：“好。”把肯肯留在原地，说：“让你的校花女神来照顾你吧！”说完就扭头随萧非扬长而去。

我偷眼回望，看见肯肯脸色气得铁青。

在萧非的家里，萧非吻了我。

我想要拒绝萧非的吻的，但他的嘴唇已经落了下来。我第一次发现，萧非的嘴唇很好看，薄薄的，粉红得像一片桃花。在发呆的瞬间，两只青春的软舌已经纠结在一起。

萧非的吻里有淡淡的薄荷的味道，不像肯肯有烟草的气息。

在那一刻，我有种犯罪感，觉得自己背叛了肯肯。

我一把推开萧非，啐了一口，说："不要脸。"

萧非愣了一下，哈哈大笑："那你喜欢吗？"

"我什么都不喜欢！"说完，我就跑了出去。

我有点气喘吁吁，脸红心跳，觉得做了见不得人的事情。萧非薄荷一样的味道，还残留在我的身上，经久不散。

肯肯连续好几天都没有理睬我。我看见他和那个校花女神泡在一起。肯肯是个帅哥，他要是追哪个女孩，一定会追到手。

看见我经过他们身边时，肯肯会故意趾高气扬地抱着校花女神的腰，不屑地看我。我心里有些懊悔和难过，仔细想想，我也没什么不对的地方。我装作若无其事的样子，和他们擦肩而过。

死党看见我，神秘兮兮地问我和肯肯之间出啥事故了。我瞪眼回去，把死党吓得不敢再触我霉头。死党小心翼翼地陪着笑脸对我说："小然，这几天萧非一直在找你呢。"

提到萧非，我脸红了一下。

我在想，如果我不和肯肯恋爱的话，会不会和萧非在一起？答案是NO。我习惯了和肯肯在一起吵吵闹闹的日子，看着他花痴，看着他和别的女孩一起招摇，然后，自己任性地发威，朝他咆哮。我们就像两头小兽，互相撕咬对方，互相伤害对方，打一架，再互相舔慰伤口。我觉得，这才是爱情吧，有征服的激情和乐趣在内。

萧非太宠我，从新生入学时萧非看我的眼神，我就知道他已经是我的俘虏了。哪有俘虏去和胜利者讨价还价的份，萧非从暗恋到明恋，从暗地跟踪到明白示爱，我一直在装糊涂，忽略他对我的好。

肯肯不肯为我做的事，萧非会为我去做。但肯肯越不肯做，我就越想让他做；萧非喜欢替我做事情，我就偏不要他做。

也许，这就是所谓的“作”吧。所以，死党说我不知好歹。

肯肯还是没有理我。按照以往，肯肯在和哪个女孩子交往一星期后，总会转身找我，向我道歉。每次，肯肯都把别的女孩当作一件美丽的武器，想刺伤我的自信，我总能化险为夷，让肯肯如斗败的公鸡一样收场。

我有些着急了。想给肯肯打电话，又觉得太失面子。

死党拉我一起去逛街。在经过未来路的比萨店时，我突然决定和死党去好好吃一顿比萨。那是我和肯肯第一次共进晚餐的地方，记得那天下雪了，满天飞扬的雪花，肯肯拉着我的手在雪地里跑，还摔了一跤。我手红红的，想哭，肯肯为了安慰我，就带我来这个比萨店吃比萨。

进了比萨店，我却看见肯肯也在那里。

死党朝我挤眉弄眼，我皱皱眉头，想着该怎么和肯肯搭话。

我正要先去洗手间补一下妆，一个瘦俏的女孩子迎面和我撞个满怀，我一看，是那个校花女神。本来，我以为肯肯是在比萨店等我呢，已经想好怎么和肯肯搭话，准备原谅肯肯，没想到，他居然带那个校花女神来这里吃比萨。

我气不打一处来，跑到肯肯面前，把他送给我的挂坠一摔："我们分手了！"肯肯目瞪口呆地看着我，他气急败坏，说："唐小然，你从来就是猪！"

我听到肯肯这样骂我，我也不甘示弱："你更是猪！你是猪八戒猪九戒猪九十九戒！"

比萨店的店员和客人，目瞪口呆地看着我们，空气都凝固了。

肯肯看到那么多人在看我们，脸涨得通红，他从来没有在公众场合这么丢脸过。我骂得畅快淋漓，拉着死党冲了出去。

死党幽怨地对我说："看来，肯肯是真的和那校花女神拍拖了。”

我翻个白眼：“又不是你的肯肯，我不着急，你着急啥？拍拖谁不会啊，我也会！”

第二天，我就找了萧非。

萧非在篮球场上矫健地跑着，看到我时，他笑得两排白牙都露出来了。这些天，我一直在躲着萧非，电话不接，短信不回，人也回避不见，萧非大概也明白我的意思，找了我几次后，就暂时不找了。

我想问萧非，你还想和我恋爱不？

但是，我不能问。那么早以前，我就一直在拒绝萧非，突然又主动来要求和他拍拖，多丢面子啊。

萧非好像看出了我的心事。他说：“你们的事，我都听说了。”

“啊？什么事？”我有些呆愣，故意装糊涂。

“就是肯肯移情别恋、你们分手的事啊。很多人都知道了。”萧非不满地说。

“哦。”我顺势说，“那你还愿意和我恋爱不？”

萧非吃惊的嘴巴成了O形。

我开始安心地享受萧非对我的照顾。以前，我一直以为爱情就是一场争夺战，总想把肯肯制服。让一头小兽似的男生拜倒在自己的石榴裙下，是一个女孩值得骄傲的青春资本。

我拉着萧非的手，趾高气扬地走在校园里。

我想遇见肯肯，想证明给他看，离开他，我一样是公主。没遇见肯肯时，我心里气象万千，想象着遇见他时他的尴尬和窘相。遇见他后，他不理我，斜视我一眼，和校花女神匆匆而过。没有正面交锋，我已经落败。人家根本就不在乎，我还在这花拳绣腿地唱独角戏，除了萧非，根本就没有观众。

萧非看出我的心不在焉，他想吻我，我完全拒绝。

我知道自己又错了，我以为可以利用萧非刺激起肯肯的爱情保卫战，他却无动于衷。难道，他真的喜欢上了那个校花女神？他就没有爱过我吗？

我一直很坚强，我要努力撑下去。

萧非终于看出了我的真实意图，他仰天长叹："唐小然，你真的对我一点感觉都没有吗？"

我觉得有点对不起萧非，不该利用他的一片痴情。我拍着萧非的肩膀说："以后看见漂亮的女孩，我会给你介绍的。"萧非无奈地望望我，说："好吧。"

萧非很认真地说："我一开始就知道，你不会爱上我的。我只是想努力来改变你，想感动你，还是没有成功。不过，如果你下次有需要，我还是很乐意做你的恋爱搭档！"我快乐地在萧非脸上亲了一下，说："谢谢你！"

萧非无奈地笑："我多么希望你亲我的时候不要说'谢谢'啊！"

我还是想念肯肯。

我开始在未来路的那家比萨店打工，每天我都对着客人迎来送往，点头微笑。

那天上班，在比萨店看见肯肯，我犹豫着是否要过去。如果是从前，我可能会趾高气扬地走过去，给肯肯一个白眼。现在，我已经温和了很多。从前的我确实太任性了，可在绚丽的青春，又有哪个女孩没有任性过呢？

我昂首走了过去。肯肯安静地看着我，说：“我要订一个比萨。”

按照惯例，我问肯肯：“比萨是送给谁的？”因为，根据不同的赠送对象，有不同的包装。肯肯笑着说：“给我女朋友的！”

我愣了一下，赶紧帮肯肯包装比萨。

肯肯把包装好的比萨递给我说：“送给你！”

我恍然大悟，高兴得眼泪都流了下来。肯肯微笑着搂住我的肩膀说：“傻瓜。”

我幸福地笑着，现在才明白，那个校花女神，只是肯肯认识的小妹。我们用一样的招数，都在试探对方，等着对方投降。谁的爱情里没有点任性的事呢？但任性过后，仍要给爱情一个原点，可以让我们再转回去，就像我和肯肯第一次吃比萨的那个店。

C H A P T E R 5

只有你不知我的秘密

20岁的时候，洛小北上大三。她留着男孩式的短发，招摇地穿过校园。一头碎发，一身动感的白袖粉蓝运动裙，加上她的帅气，惊呆了满校园的同学。每次她走过，身后都留下一长串张望的眼睛。

在这串眼睛里，也有沈大年的眼睛。

沈大年不喜欢洛小北，一个女孩子怎么可以这样帅气得出挑呢。她骄傲得像一个不可一世的公主，从不正眼看沈大年。为此，在课堂上，沈大年经常为难洛小北，为一个问题争得面红耳赤，同学们望着他们，像看两只公鸡打架。输了的一方，“哼”一声，就跑出了教室。

在校园里遇见，洛小北扭头就走。沈大年追着她喊：“洛小北，我们的问题还没争出答案。”洛小北边走边说：“我和你没什么好说的。”洛小北走远了，沈大年快快地站在校道上。

洛小北在校园的商店里勤工俭学。每天下午下课后，她就急急忙忙地跑到商店里去帮忙。也许是洛小北的努力，商店里的生意格外好，就连外校的一些学生也跑到这里买东西。

不知道他们是来买东西的，还是来看洛小北的。他们好奇地盯着洛小北看，洛小北毫不示弱，盯回去看他们。他们的脸就红了，羞涩一下，赶紧逃开。

这天，洛小北正在商店里收整货物。一个男生走了进来：“给我拿一张电话卡。”

洛小北看着他，把电话卡递了过去。

男生说：“你是洛小北？”

“是。你有什么事？”洛小北的语气客气而矜持。

“认识一下，我叫周亚楠。”周亚楠笑得很迷人，洛小北的心漏跳了一拍。

周亚楠，大四生。洛小北听说过他，是学校里的三大才子之一，小小年纪，就自己创建了公司。他设计开发的软件，不仅申请了专利，还在国际上获了奖。学校鉴于他的潜力和成绩，要他留校任教，他却婉言谢绝，坚持要独立创业。

洛小北没想到会在这种情况下认识周亚楠。

此后，周亚楠每天都会来洛小北这里买一张电话卡。有时，他们会闲聊上几句；有时顾客多，他们就不说话。商店里前段时间进的这批电话卡，因为预算出错，一下子进货太多，还剩下许多没有售完。这些电话卡就快过期了，过了期限，里面的话费将全部作废。那是一笔不小的损失，洛小北正暗暗焦急。有时，洛小北也纳闷，周亚楠有那么多电话要打吗？

洛小北已经好几天没有看见沈大年了。这几天，她事情多，没怎么去班里上课。她怎么也想不明白，大一大二的时候，沈大年还是挺老实的一个孩子，看到她就害羞，现在居然整天看她不顺眼。洛小北仔细想想，她没怎么得罪过沈大年啊。除了以前帮他补过一次课，而他的考试仍然没通过以外。天呀，洛小北恐怖地想，沈大年不是因为功课没通过报复她吧？

洛小北走在校园的林荫道上，沈大年在前面截住了她。洛小北想，完了，完了，还是撞见这个瘟神了。

沈大年气势汹汹地说：“你为啥不上课？”

“我上不上课关你什么事？”洛小北一个白眼飞过去。沈大年不理洛小北的白眼，要拉她去上课。洛小北不管这些，送货员有事请假了，她今天得去厂家取一批货。沈大年拗不过洛小北，说：“那我和你一起去吧。”

洛小北感觉很奇怪，今天怎么回事，沈大年改性儿了？

洛小北没想到取货这么辛苦。在从厂家取货回来的路上，那么一大堆东西，都要压在自行车上，自行车走得歪歪扭扭，还好有沈大年作垫底儿。那个送货员，也是一个刚毕业的小伙子，真不知道他每天是这么辛苦。取货前，送货员还一再强调，他很快就回来，如果洛小北用货不急的话，他会很快送来。可洛小北等不及。沈大年吃力地推着自行车，酸溜溜地说：“幸好我来了，你还不让我来？要不，这么重的货物，看你怎么带回去。”洛小北看着沈大年满头大汗的样子，本来还有一些感激和惭愧，听他这么一说，洛小北即时恼了，她狠狠地踹了沈大年一脚。

沈大年把自行车往地上一扔，坐在地上嗷嗷地叫起疼来。洛小北不理他，想扶起自行车自己推回去，但货物太重，她扶不起来。洛小北眼圈一红，踢了自行车一下，连你也欺负我？

沈大年看到洛小北要哭的样子，即刻软了下来。他不再装疼，爬起来拍拍洛小北的肩，轻声说：“走了。”洛小北不理他，沈大年只管扶起自行车，一瘸一拐地往前走。洛小北默默地跟在后面，他们的身后，落了一路桐花。

周亚楠逐渐喜欢上了洛小北。

洛小北在校园商店里忙碌着。周亚楠斜倚在商店对面的一棵梧桐树下，眯着眼睛盯着洛小北，目不转睛。洛小北被他盯得心突突地跳，她不喜欢这种被偷窥的感觉。

洛小北冲出去，抓住周亚楠的衣领，气势汹汹：“你到底想干什么？你要想看，就光明正大地看，别躲在一边鬼鬼祟祟。”

周亚楠毫不生气。他拉下洛小北的手，握住它，一字一顿地说：“我现在就光明正大地看，我，喜，欢，你。”

洛小北一下子蒙了。这怎么可能？堂堂校园里的大才子、年少有为的公司老板，怎么会喜欢她？虽然她长得漂亮了一些，但她孙二娘一样的脾气人尽皆知，周亚楠的少爷脾气怎么会忍受得了？

“不行！你找死啊！居然心怀不轨，想让本姑娘早恋？门儿都没有！”洛小北突然意识到这是个陷阱，没有谈过恋爱的她，觉得全世界都变黑了。虽然20岁的她早已过了“早恋”的年龄，身边的女伴，一个接一个地都名花有主了，只有她还是独行侠。洛小北的拳头狠狠地打在周亚楠身上，居然把周亚楠打得瘫倒在地。

周亚楠很痛苦，他怎么也没想到，洛小北真会下如此重手。更让他痛苦的是，自己这么好的演技，洛小北是怎么看出来的？

商店周围的同学，围在他们身边，目瞪口呆地看着这一切。

这几天，洛小北很失落。她向校园商店那边请了假，开始安安心心地上课，连她平时最讨厌的晚自习，也按时报到。在教室里，洛小北看见沈大年，不理睬他。沈大年使劲朝她使眼色，洛小北就是装作没看见。

沈大年吹胡子瞪眼的，就差跑到洛小北的课桌前说，洛小北，我想和你好好谈谈话。有什么可谈的，洛小北知道沈大年的意思，天将降大任于斯人也，必先苦其心志，劳其筋骨，饿其体肤，空乏其身。她实在郁闷自己的命苦，沈大年居然还想让她炼。那天，周亚楠挨打后，校园里传遍了关于他们的风言风语。“校园才子被打，少年老板情陷，可怜美女无情，落花错付东风。”每一个见到洛小北的人，都会问她，洛小北，你为什么不喜欢周亚楠？

周亚楠的号召力实在太大了，那么多的FANS跑出来替他出头。他们实在觉得洛小北错失了一段大好姻缘。很多同学要求洛小北给周亚楠写道歉书。

周亚楠谦逊地说，大家都是同学，请老师和同学们原谅她吧。看着周亚楠窃笑的样子，洛小北觉得自己好委屈啊，那真叫一个冤。洛小北委屈地狠狠地看着自己的拳头，小小一拳就可以把人打瘫吗？她啥时候变成李小龙了？

看着洛小北郁闷的样子，沈大年心里也不是滋味。现在在课堂上，他再怎么逗引洛小北和他争辩，洛小北都不开口了。沈大年觉得自己失去了对手，上课好没意思。这一切都是周亚楠造成的，他一定要给洛小北报仇，找周亚楠来一场决战。

操场上，很多人在围观。沈大年望着周亚楠，蓄势待发。他冲上去，紧紧抱住周亚楠的肩膀，想使力把他摔倒在地上。周亚楠稳稳地站在那里，纹丝不动，一个翻手，把沈大年摔在了身下。听闻消息的洛小北，匆匆赶了过来。看着沈大年狼狈的样子，想起从前那些争吵，洛小北从来没这么难过，她没想到沈大年是这么在意自己。

原来，那次洛小北帮沈大年补课时，沈大年就喜欢上了洛小北。只是，洛小北性格大大咧咧，从来没注意过沈大年对她的一腔暗恋。周围的同学都看了出来，只有这个笨蛋洛小北不知道。内向的沈大年羞涩得不敢明示，害怕遭到拒绝，只有和她激烈地争执问题，觉得这样才会引起她的重视。在洛小北商店电话卡吃急时，是沈大年找到表哥周亚楠买下了所有的电话卡，作为公司礼品送给了客户。而周亚楠知道表弟心里的秘密后，就将计就计，找周围的同学配合演了这场戏，逼表弟把他的秘密说了出来。

洛小北突然明白，喜欢暗恋不敢表白的人，不是老实人，就是太过于在意你的人，如果遇到，一定要好好和他在一起。洛小北被沈大年的追爱行动所感动，望着沈大年期待又不安的眼神，点了点头，两只手紧张地牵在了一起。

CHAPTER 6

错过的海棠花期

A.

我从来没见过海棠花，不知道它长什么样子。中学时，我生物课成绩并不好，我一直努力地学，但很多时候，还是会把兰草当成韭菜，把百合当成大喇叭花。一天，在公共教室，旁桌一个女生，手拿一枝玫瑰，冲着我微微地笑。也许，她并不是在冲着我笑，可她那个角度，正对着我。我大大咧咧地走过去，劈手夺下，“哈，一朵月季花，从哪里偷来的，老实交代，是不是从校园的花坛里摘来的？”那女生愣了一下，先是恼怒，绷紧嘴唇，眼圈开始泛红，好像快要下雨。我开始惊惶，我得镇静，谁让我是男生。其实，我最受不得女孩这样，动不动就要哭，玩笑也开不起。

我甩一下头发，故作不屑。

玫瑰花扔回她桌上，说：“走了，走了。”她立即转身，幽怨地看我一眼，不再理我。

可她那眼神，深深地，一寸，两寸，三寸，刻在了我的心上。像被利器狠狠地刮了一下，好像很早以前，就在哪里见过她。

B.

时常做一个梦，在一棵花簇茂盛的树下，一个男子在那里舞剑，穿着红色的盔甲，日光剑影，密不透风。一个漂亮的女子，伫立树下，冲他微微笑着。那笑，初时清晰，后来逐渐幻化，消失在一团透红的云里。也不知究竟是电视剧看多了，还是得了癔症。

在校园里，我遇见昨天那女生。她看见我，扭头就走，好像很生气。其实，我也很生气，但我不知道在生什么气。我一把追上去，突兀地拉住她，“你怎么了？”

她定定地看着我，眼中似有委屈，又有些让人费解的情愫，“你自己知道。”

“我不知道。我知道怎么还要问你。”

“你就知道。你明明知道还偏要问我。”

“我要是知道的话，就不会再问你，再说，我又不是你，我怎么会知道。”

“我不是你，我怎么敢确定你就不知道，所以，你还是知道。你居然还问我。”

面红耳赤，我瞪着她，她瞪着我，眼光充满挑衅，两人绕口令一样争吵，谁也不肯先服软。日光中移，我们的影子越来越短，以我们为中心，周围的景象模糊起来。长久的对望中，我看见她额头上沁出了细碎的汗，她就像一只小兽，倔强地看着我。我不由地心软，登时败下阵来，也不看她，扭头就急着回了宿舍。

然而，也许出自第六感，我觉得她可能爱上了我。我心里稍微有些得意，又有些怅然，我不喜欢她，我还在等着海棠花开时，迎接我的公主。

第二天，她又出现在我面前，狠狠地盯着我，眼神如刀，凌厉又充满锋芒。“你请我吃饭，就当赔罪。”

我坏坏一笑，跳了起来，伸手摆出“胜利”的姿势。我一早就知道，她会输。

C.

她开始频繁地约我出去，一起吃饭，一起逛街，一起翘课。在她知道我真的是个“花盲”后，她彻底原谅了我。她想象不出我这样的男孩子，居然从来没有给别人送过花，因为我从来没有谈过恋爱。当然，教师节时给老师送的鲜花除外。上幼儿园时，我暗恋一个安琪儿似的女孩子，但因为有天她迟到忘记洗脸，让我看到了她的眼睛的迷糊，顿时对这样的女孩子失去了兴趣。在我心中，我的海棠公主永远都高洁神圣，有着让人动心的冰清玉洁和温柔。

她带着我去植物园，说是要把我中学落下的生物课都给我补上。我嘻嘻哈哈，没有正形，无聊时就陪她一起去，厌烦时就躲着她。但看到植物园里那些我叫不出名字的花花草草时，我还是充满了喜悦，目光所到之处皆是赏心悦目。可是，我不关心这些，我更愿意关心足球。我不知道别的男孩子是否和我一样，我也不知道别的女孩子是否和她一样。

我开始厌倦，我不喜欢这么缠人的女孩。男人，应该像雄鹰一样，自由自在。我开始逃避。

我知道，有一天，她终会找到我。

那一天，很快就来了。

寒冷的冬天，她立在风中，远处的斜阳映照在她如雪的脸上，面上犹带泪痕。

“你为什么要躲我？”

“我没有躲你。”

“你明明躲了，你还不承认？”

“因为我不爱你。”我艰难地做出一个摆手的姿势。

“为什么？”她不可置信地瞪大了眼睛，又要开始下雨。

“我在等我的公主，可惜，你不是。”说完自己的秘密，我轻松地吐了口气，并不在意她的脸上已经布满了泪水。人一旦绝情的时候，是根本不会顾及到对方的绝望的。

她的眼泪砸了下来，打在手里的书上。她把手里的书，使劲往我手里一摔，疾转而去。冲着她远去的背影，我想喊她，又没有喊。我知道，我一喊她，她一定会回头。可是，她回头后，我就无法再回头了。我只能无奈地笑。

看着手里的书，是一本植物学。风吹起书页，里面夹着的一张纸飞了出去。我急忙去追，是一张画，上面画满了粉红色的大朵大朵的花，像花云一样。

D.

整整一个月，她没有理我。校园里的那些花还开着，只是，我还是认不清什么是什么。看着校园里来来去去的贪恋着甜蜜的男生女生，我只能孤独地看着月亮。我经常纳闷，海棠花究竟是什么花，我的公主何时才能到达呢。

有时候，我会在校园里遇见她，她还是那么漂亮，可她不是我的公主。她就站在那远远地看着我，一言不发，看一会儿，就掉转方向，默然而去。

我也默叹，自己这样的男孩子不适合和小女生谈恋爱。我只希望遇到自己的公主，只有她才可以实现我骑士的梦想。我希望能踏着风到开满海棠的花园去接我的公主。

在梦里，我真的会看见我的公主。她温暖地笑着，像阳光一样明净。我手牵着线，她在天空自在地飞，像风筝，像彩色的云。飞着，飞着，线就断了，她从高空跌了下来。尖叫，失神，惊恐，每每我要张臂去接她时，自己就掉了下去，突然惊醒，大汗淋漓。

我不知道，是否接住了她。

我还没有问她的名字。我一直想继续睡去，把未完的梦做完，握一握她冰凉如玉的手，问一下她的芳名，可却总是睡不着，吃安定也无效。我开始拼命地奔跑，在校园的体育场，在上学的路上，在晚归的黄昏，跑着跑着，就幻想自己像雪花一样飘了起来。回到宿舍，累得终于可以睡去，却一夜无梦。

我开始对自己失望，为何自己从来都没爱过一个女孩。我突然开始怀念那些海棠花，虽然我从来没有见过。

E.

北京的冬天还没下雪，我渴望下雪，那样，我才不会觉得冷。没有海棠花，有雪花也好。

2005年，陈凯歌的电影《无极》开始上映，票房卖疯了。她突然约我去看，听说，她已经开始新的恋情。去，还是不去，这是一个难题。最终，我还是答应赴约。

在电影院，我挨着她坐，她的新男友坐在她另一边。看到她新男友时，我还友好地和他握了一下手。他的手比我温暖，我下意识地想。

《无极》里有每一个人的生老病死，电影的画面唯美得令人窒息。我看到电影里那些盛开又败落的大朵大朵的花，粉红的云一样，似曾相识。可是，它是什么花，我又是在哪里见过，我脑袋开始发晕。

“好美的海棠花。”从邻座传来一个细细的小女孩的声音。

我心神一惊，眼泪霎时涌了出来。原来，这就是海棠花。我终于明白，我为何老是做那个奇怪的梦，梦见那棵开满海棠花的树。

电影散场，她和新男友微笑着与我告别。我独自走了回去。

F.

翻开她留下的那本植物学，我找到了那张画。大朵大朵的花，艳丽地开着。树干上刻着一行细小的字：一见倾人城，再见倾人国。我的泪落了下来，打在那些璀璨的花上。我一直以为自己的公主就要到来，可没想到，我早已错过了她。我真的是一个“花盲”，不认识那片片爱的花瓣。

我想起电影《无极》里，昆仑对光明说：“真正的速度你是看不见的，就像风起云涌、日落生息，就像你不知道树叶什么时候变黄，不知道你的孩子什么时候长出第一颗牙，不知道你会在什么时候爱上一个人……”那时，光明已经不再是大将军光明了，那时的光明正在茅檐下端着清酒，看着天边的落日，守着内心最后一丝骄傲，等着那个让自己一吻倾情的女人。听完这句话后，他彻底崩溃，流下今生第一滴伤心泪。就像现在的我，抚摸着那张开满海棠花的画，忧伤已经覆没我的青春。

在这个冬天，雪还没有下，海棠花就纷纷地开了，开在我还没有开始的恋爱里。我一直以为我可以等到我的公主，我一直以为“爱”只有一个名字，像无极里的昆仑，却忘了它还有一个名字，叫作海棠花。可是，我已经错过了我的花期。

CHAPTER 7

凉薄的天空没有爱情

落落是在夏天的时候认识丁嘉勇的，那个时候落落刚开始她的大学暑假生活。早上八点，表妹就喊她起来，让落落去帮她查一个网址。落落穿着米奇睡衣跑下去，随便找个网吧。那天网速很慢，落落郁闷至极。

这时门口进来五男一女。看得出来，他们是这家网吧的常客。打头的那个男人高鼻梁，欧式眼睛，一米八的身高，很有男人味，很像落落喜欢的学友大哥。落落眼睛都看直了。自从看过张学友和张曼玉演的《真的爱你》和《飞跃迷情》，落落就迷上了他，还立志要嫁给他当老婆。后来知道他连女儿都有了，落落在家整整哭了两个小时。

几个男人商量要玩CS，一个小眼睛、小鼻子男人要跟落落换位子。早早就被叫起来当苦力，什么都没查到，好不容易来个帅哥给自己欣赏，还被人打扰。如果在平时，落落一定会换的，谁让落落今天很郁闷呢。落落坚持不换。

如果落落可以预知未来，她一定不会去惹这男人。谁会想到，这个小眼睛、小鼻子的他，竟会让落落终生难忘。

小眼睛男可能是受到落落的刺激，就在落落身边的位子坐下了，其他四个人就坐在对面。看到这个“贱男”坐在自己身边，落落心情怎么也好不起来，但又不想就这么输给他。其实女孩子真的不应该好胜，温柔点的女生比较招人爱！待得实在无聊，可落落又不想比那个“贱男”先离开，让他抢了座位。他看落落开QQ，也从CS里面退出来，打开QQ，然后瞟着落落的号码，加落落为好友。那时，落落的网名叫“猪八戒”。他就在那儿八戒长、八戒短，然后看着落落说：“你的确长得像猪八戒啊。”

说真的，落落虽然不是美女，但也算是清秀吧。那个时候她只有17岁，也不懂得化妆，此时穿的又是睡袍，但被人说长得像猪八戒，还是第一次。有些事情不是自己可以控制的，落落恼羞成怒，想伸出拳头海扁这个“贱男”一顿，可是看看他身边的人，知道自己讨不到便宜，只好忍气吞声。

那个“贱男”得了便宜还卖乖。越让着他，他就越得寸进尺。落落不吱声，他还在那继续说着，都是埋汰落落的话。他的朋友也跟着起哄，特别是其中那个女人，笑得花枝乱颤。他们一定是怪落落没有跟他们换座位。

忍无可忍、无须再忍，落落发起反击。落落问他：“你老逗我干啥呀？是不是看上我了？”

“贱男”明显被落落的话吓到了，看着落落好半天都不说话。“贱男”的朋友“学友大哥”走到落落旁边说：“小姑娘，路子太野了。”落落脸红心跳，当时恨不得找个地缝钻进去。自己的淑女形象啊，就这么毁了。都怪那个“贱男”。

“贱男”也不是省油的灯，马上反击落落。落落到现在都清楚地记得他说那句话的样子，他说：“是啊，我是看上你了，猪小妹！搞对象哦？”

这次被吓到的是落落了，虽然经常跟男生打打闹闹，可这样还是头一遭！虽然心里还是很害怕，落落嘴巴上也不饶人："好啊！那就搞呗！"说完这句话落落就后悔了，不知道要怎么收场。

一定是落落平时做的好事太多，感动了上帝，表妹这时走了进来。落落这个当姐的，从小就没有地位，被表妹吃得死死的。表妹学习好，而落落则属于校园里的"不良少女"。

"贱男"在后边叫落落，管她要联系方式，落落把自己的手机号告诉了他。他问落落的名字，落落说："猪八戒。"他笑得很大声，告诉落落他叫丁嘉勇，让落落记住了。

出了网吧，落落就把这个叫丁嘉勇的"贱男"忘记了，没想过会再和他有联系。她纯粹把这当成了生活的插曲。

一个星期后，落落接到丁嘉勇的电话。那个时候落落正和表妹在路边吃大排档。东西便宜，也很好吃！落落是常客，老板娘也认识她，每次去都送毛豆给她。

他问落落："猪小妹在做什么，记得我是谁吗？"

其实落落记得的，故意装不记得。女孩子，都是这样吧？在那儿扯了半天皮，丁嘉勇要过来找落落。落落说："来吧，我等你。"告诉他地址，落落就挂了电话。

落落不是真的想要见他，她跟丁嘉勇说了一个假的地址。从丁嘉勇那里到那个假地址，搭公交要两个多小时。想着那个"贱男"大老远地来回折腾，落落止不住幸灾乐祸。

三个小时后，落落接到丁嘉勇打来的电话，声音有些气急败坏。落落也觉得自己这次玩得过火了点，向他道歉，把自己的真实地址告诉了他。

半个小时后，他出现在落落面前，还有"学友大哥"。他们是开车过来的，本田吉普。这次见到"贱男"和在网吧那次不同，一身白色的阿迪套装。那个时候落落就肯定，男人好看与否，跟五官没太大关系，一个人的穿着，真的可以提升人的气质。

表妹问落落，他是谁？落落刚要说是一个朋友，"贱男"就过来搂住落落肩膀，不对，不能叫他"贱男"了，是嘉勇。他说落落是他媳妇。落落脸红得像个番茄，不知道该做什么，该说什么，只能傻傻地被他搂着。

他说要请落落和表妹吃饭，落落拿吃过饭的理由拒绝了他。毕竟这只是第二次见面。他是好人坏人落落都不知道，还一起去吃饭，万一他在食物里下毒怎么办？而且怎么感觉他都不像有钱人，顶多是个小痞子，怎么又穿阿迪，又开车的？他跟落落平时接触的人都不一样。

落落可不傻，就算没经历过，报纸上天天都在报道，怎么着也要提防一下。可表妹就是不配合，她非说她饿了，要跟落落去吃饭。落落知道这小妮子也喜欢丁嘉勇，她们不愧是知己，连对男人的品位都一样。

他们找了一家肯德基。落落他们其实都吃过饭了，谁都没点吃的，只是要了四杯可乐，四个大薯条。落落问丁嘉勇车是谁的。他说是老酷的，老酷就是“学友大哥”。衣服也是步行街买的假货。为了见落落，装装相。

饭后他送落落和表妹回家，老酷开车。表妹坐在前面，落落和他坐在后边。他问落落，上次在网吧说的事情还算不算？落落装傻，问他什么事情啊？他没说话，只是过来拉住落落的手，然后吻落落的嘴唇。落落没有拒绝。

他亲吻的技术很好，一边吻落落，一边在落落后背抚摩。他的手像是有魔力似的，抚过的地方让落落感觉很特别。落落想，如果车上没有表妹在，他一定会有更进一步的举动。

这是落落第一次舌吻。以前，落落也和男朋友接吻过，但都是蜻蜓点水，没有过分深入，不像这次这么激情。

很快就到落落家了，落落下车头也不敢回地拉表妹上楼。只听见他在后边喊，晚上等我电话。

就这样，落落恋爱了。跟他在一起，感觉前几次的谈恋爱，就像过家家一样。跟丁嘉勇在一起后，落落天天和他腻在一起。白天在他租的小窝，一起看电视，打扑克，看电影；晚上一起散步，他送落落回家，然后再自己打车回去。

落落真的爱上了丁嘉勇，连她都不相信会这么快。

八月，米亚从广州回来。她是落落在迪吧认识的朋友。那天米亚去上厕所，看到落落在里面吐，出来时递给了她一张湿巾。之后米亚说落落像她的亲小妹，她们就这么认识了。

米亚是个很有气质的女人，一米七三的个头，皮肤白，眼睛大，在广州当白领，是个走到哪儿都回头率颇高的女人。落落知道米亚身边有很多男人，其中还有很多是有家室的。米亚和他们在一起，只是互取所需罢了。

米亚知道落落恋爱了，非要看看男主角，她们没有通知丁嘉勇，径直来到他的住处。落落也想给他个意外惊喜。

在出租车里，落落心里七上八下，总有不好的预感。落落担心丁嘉勇见到米亚后会爱上她。米亚的魅力落落最了解，没有男人可以抗拒她。米亚真的很美，像朵罂粟花一样！明知接近她会上瘾，可就是抗拒不了她。

容不得落落多想，车已经开到公寓门口。落落先下的车，米亚付的车钱。

开门的是老酷，他看到落落很惊讶，问落落怎么这么晚还过来？落落没回答他，直接往里面走。厅里没找到丁嘉勇的影子。落落往卧室走。老酷过来拦住落落，说丁嘉勇不在。女人的第六感告诉落落，老酷在说谎。落落冲开卧室的门，里面有她一辈子也忘不了的情景。真的如八点档的电视剧一样老套。落落没有猜错，丁嘉勇确实在卧室，但她没想到的是，卧室里还有另一个女人，那个女人，居然是她表妹。

表妹无所顾忌地站在那里，好像早就预料到这个局面，好像她才是这里的女主人，而落落只是一个女配角，出现在不该出现的时候。落落的眼泪再也控制不住，像个逃兵一样跑了出去。丁嘉勇追了出来，他跟落落说对不起。他很高，落落只到他的胸膛。丁嘉勇没有穿上衣，落落可以清楚地看见他脖子上的“草莓”。

落落说：“真对不起，打扰你们了。你回去继续吧。我先走了！”

事后，米亚跟落落说，她应该狠狠地甩他一巴掌，要不就冲回去，跟那个女人狠狠打一架。可落落的立场呢？那是她最亲最爱的表妹。到现在，落落都不能确定丁嘉勇到底喜欢谁。落落算什么？恋人？情人？替代品？落落不知道。

丁嘉勇给落落打电话，发短信，落落没有理他。落落和表妹也陌如路人。落落把自己的手机号彻底换掉，不想再受感情的打扰。

米亚真是女人中的极品，像她看得这么透彻的女人，真少见。她安慰人的方式很特别，没有一句同情的话，她让落落住在她家，她们每天晚上都去蹦迪、喝酒，然后白天睡觉。

再次收到丁嘉勇的短信很意外，不知道他从哪里知道落落的号码。落落给他回了个电话。他的声音没有变，依然很有磁性，听得落落想哭，心里酸得要命。也就是从那一刻起，落落才明白，她为什么会和米亚在一起，为什么麻木地过着夜生活，只是因为，她思念电话另一端的那个人，那个叫丁嘉勇的男人。

他约落落出来见面，在他们认识的网吧。为了有个好形象，落落特意买了套新衣服，还化了淡妆。约的时间是下午五点，落落故意迟到，让丁嘉勇等了很久。

丁嘉勇白了好多，眼睛还是那么小，剪了个毛寸。他整个人都变了，看起来很干净。他一看到落落就和落落开玩笑，说落落胖了，白了，美了。

他们像很久不见的朋友，一起压马路，说着彼此的生活，除了感情。其实落落很想问他有没有和表妹在恋爱。可因为那可笑的面子，落落没问出口。他也没有问落落。就这么溜达了两个小时，直到他送落落回到米亚那里。

期待的事情没有发生，落落变得更郁闷，把自己关在房间里，不见任何人，不梳头，不洗脸。太多的思绪压在心里，却找不到人倾诉。直到第三天晚上，下了很大的雨，雷打得很响。米亚回广州了，落落拨通了丁嘉勇的电话。他很快就来到了楼下。他让落落带上睡衣，跟他去他家。落落照做了。

其实落落并不害怕打雷。只是想见他，打雷，不过是借口而已。

十五分钟后，落落已经站在丁嘉勇家的地板上。还是那个熟悉的房间，床单换了，多了条地毯。其他的，都和落落离开时一样。他让落落睡卧室，他睡沙发。可落落却翻来覆去睡不着。她很想知道丁嘉勇这段时间是怎么过的，有没有和表妹在一起。

终于鼓起勇气去问，丁嘉勇开始似乎不愿回答。犹豫了半天，才说："那天你不肯和我换座位，我只是想捉弄一下你，和你玩个爱情恶作剧。至于你表妹那个小傻瓜，只是她一厢情愿罢了，你表妹现在在家里哭呢，我已经不理她了。”

落落不相信，给表妹打电话过去。表妹哭得嗓子都哑了，她惭愧地喊：“表姐。”落落本来冷硬的心肠，立时软了下来。

落落感觉这个夏天像是做了一场梦。落落疑惑，丁嘉勇到底有没有真心地喜欢过她一点点？

没有结果，也没有答案。

然而，这已经不重要了，反正，夏天已经过去，下一个季节即将到来。

C H A P T E R 8

红 舞 鞋

A.不会跳舞的丑姑娘

巫女说，前面有一片飘雪的天空，在雪落之前许愿，愿望就一定会实现。叶小亚的愿望就是，她想跳舞，跳热情洋溢的生命之舞。

她从不知道自己为何爱跳舞，就像她从不知道自己来到这世上到底是为什么。如果只是为了跳舞，她只愿跳给自己看，只要自己跳得快乐，跳得精彩。

舞曲奏起，一个女人跳舞的脚步声，时而起，时而落，只有“叶叶……”的声音。从这声响，叶小亚可以听出这女人跳的是华尔兹……绝美的姿态，红色的舞鞋，旋转旋转，满场的蝴蝶。

可叶小亚是个丑姑娘，没有人注意她，她是无法出去跳舞的。

那些男人只喜欢漂亮的姑娘，会不会跳舞，其实不重要。他们手臂懒懒地紧紧抱在女孩的腰上，脸贴得很近，跳的不是舞蹈，是暧昧。

叶小亚默默地坐在一边，落寞地看着他们。有顽皮的男孩嬉笑着喊叶小亚："姑娘，下来一起跳舞啊？"叶小亚安静地笑，微微摇头。

叶小亚的手指在桌上轻轻地动，华尔兹、桑巴和踢踏。她只会用手指在桌子上跳，她从来没有下过舞池。男人们打赌，谁可以请到叶小亚跳舞，他们就集体送他一双最好的舞鞋，款式颜色随他挑选。他们觉得，那么丑的姑娘，是不会跳舞的。只有漂亮的女孩子，才配跳舞。

B.他是王子，没有乘白马而来

叶小亚很早就知道《灰姑娘》的故事，可那只是一个童话，自己不是灰姑娘，更不是公主，怎么会有王子呢？叶小亚情愿像堂吉诃德一样，对着几十辆飞转的风车，说：“来吧，让我们一起跳舞。”

周子毅是个好看的男人，他走过来的时候，叶小亚正在摆弄她的手指。她觉得她的手指还是好看的，细长细长的，是音乐家的手指。周子毅说：“姑娘，可以请你跳个舞吗？”叶小亚羞涩地笑了一下，这是第一次有人正式请她跳舞呢。她不说话，犹豫着点了点头，又不好意思地摇摇头。

远处的男人看着这边哄笑起来，他们早就知道，丑姑娘怎么会跳舞。

周子毅还是不死心：“我可以教你。”

叶小亚惊讶地看着他，犹豫片刻，又重重地点了一下头。

她红着脸走下舞池。音乐响起，是圆舞曲《卡萨布兰卡》。周子毅一手轻轻搭在叶小亚的肩肘，一手托握着她温凉的手。一步，两步，三步，周子毅定定地看着叶小亚，叶小亚有点慌乱，脚步局促地迈转，不小心还踩了周子毅一脚。周子毅笑笑说：“没关系，别紧张。”叶小亚脸又红了一下。

周围的男人又哄笑起来，对着叶小亚指指点点。

叶小亚不理他们，跳了一会儿，慌乱的心情逐渐安定。她目不斜视，目光越过周子毅的右肩直视过去，像在看着什么，又好像什么也没有看。她的头颅微微昂起，腰骨紧绷而柔软，脸上焕发出花一样的光辉，鞋子有节奏地跳动，飞转，飞转，叶小亚的裙子像硕大的百合花开满了全场。

周围的男人安静极了，出神地看着公主一样的叶小亚。周子毅吃惊地问叶小亚："你会跳舞？居然还跳得这么好？"叶小亚微笑着点点头，又摇摇头，转眼黯然。

曲终，叶小亚昂首挺胸，骄傲地从那些男人面前走了过去。周子毅站在那里望着叶小亚的背影发呆。

C.叶小亚有面魔镜

叶小亚好期望自己也有一面魔镜，在她特别难过的时候，她可以叩着魔镜，轻轻在心里问自己："我可以跳舞吗？跳舞是否可以带给我快乐？"可她是一个丑姑娘，没有人乐意当她的舞伴。那些美丽的红舞鞋，被穿在漂亮姑娘的小脚上，翩翩起舞，一直跳到阿芙洛狄特的花园去。

叶小亚有着贫瘠的快乐，她是自卑的。走在路上，她不敢抬头看那些张望她的目光，那里面有嘲讽，有不屑，有同情，有冷漠。不管是哪一种，都不是她想要的。她只能躲在家里自己跳舞，没有人欣赏，就跳给自己看。

叶小亚看过一个山鸡的故事。说当年有南方客人向曹操敬献山鸡，曹操想叫它跳舞，却不知道要怎么驱使它跳，最后，一个臣子想出了办法：放一面大镜子在山鸡面前。那只山鸡立刻就望着自己的镜像跳起舞来，直到疲惫过度而死。叶小亚说她就像那只山鸡，没有舞伴，只有镜子和自己……

其实独舞是最不好跳的。独舞冷清得凄美，要跳得婀娜多姿，跳得身心俱碎。

双人舞有种温暖的眷顾与扶持，就像那些美丽的舞裙要有红舞鞋的相配。可叶小亚没有舞伴。

周围的人带着怜惜，给叶小亚介绍各种各样的男朋友。叶小亚的条件，总是让人家难以如意；有时候，人家愿意了，叶小亚不同意。那些人都是什么人呢？离异的，高中毕业的，举止粗俗的。20岁的叶小亚只能躲在家里跳舞。

他们说叶小亚眼光高，却不看看自己什么条件。叶小亚很难过，她不是眼光高，她只是不看别处，她只喜欢在镜子前跳舞，希望有人能欣赏。或许，这样的独舞，只能孤芳自赏。叶小亚感觉跳舞是整个生命在舞蹈，整个灵魂在舞蹈。那种感觉是精彩，是鲜活，是感动。至少她跳得很自在，在镜前自己的世界。

D.周子毅看到她的倔强

周子毅没有再见过叶小亚，她像是神秘失踪了一样。舞场的人只见她来过五六次，没有见过她跳舞，他们一直以为这么丑的姑娘是不会跳舞的。当上次叶小亚以一个优雅的姿势在舞场结束舞蹈时，周子毅仿佛看见了一只突然落入人间的折翼天使，她眼睛里的那股倔强让人心疼。

那支突如其来的圆舞，让舞场像办了一场盛宴，放了一场绚烂的烟花，随后归于寂寞。叶小亚就像昙花一现，只留下花的气息。

周子毅打赌打赢了，可是他并不开心。他一直在想那个奇怪的姑娘，容貌丑陋，却有那么出色的舞技和灵性。然而，自始至终，她都没有说一句话。

周子毅托了很多人打探她的消息。

叶小亚得了一种病，病的名字叫“自我”。她是那么自卑，又那么自尊，有着莎乐美一样的倔强。谁说容貌丑的女子不能跳舞？

周子毅保留着那双赢来的红舞鞋。经常跳舞的他一眼就看到了叶小亚磨损严重的帆布旧舞鞋，她的脚刚好小他三个尺码。

时间越长，周子毅越是想念叶小亚。

周子毅见过很多漂亮姑娘，她们在花丛里跳舞，把舞步依偎在男人的心上，音乐很甜，舞蹈鲜活，可怎么就少去了生命的那份倔强？

舞蹈是热，舞蹈是火，它不是糕点。

周子毅爱上了那个仅跳过一次舞的丑姑娘，认识他的人都不理解。丑姑娘怎么配得上家财万贯、俊朗潇洒的王子？她还那么傲慢，只会笑，从不和他们说话。

可她的舞，跳得真好。

E.寻找着踢踏，踢踏

周子毅终于找到了叶小亚，在城市的圆舞广场。

叶小亚站在那里微微地笑，旁若无人地独自起舞。巫女说，当你的愿望实现时，魔镜也会随之破碎。在周子毅第一次请叶小亚跳舞时，叶小亚发觉心里的那片尘埃落在地上不见了。

叶小亚愉悦而难过，他是王子，可她连灰姑娘都不是，更不是公主。所以，她选择穿着舞鞋匆匆逃离，十二点的钟声还未敲响。

周子毅拉着叶小亚的手，百合花似的舞裙满场旋转，华尔兹、桑巴、踢踏……每一种舞蹈他们都跳一遍，跳到月亮落下，鞋子脱去，脚跟红肿。叶小亚不知道，她跳起舞来有多美。

舞着舞着，叶小亚和周子毅的舞蹈合二为一。两个舞蹈变成一个舞蹈，巫女躲在一边偷笑，舞蹈的美和力，热烈地融化，扩散着淡开。雪已经落了，城市很干净。“你叫什么名字？”在旋舞的中心，周子毅用一个动作问她。叶小亚用了一个优美的舞蹈动作回答："舞者。""我也叫舞者！"周子毅说。

"你真美！"周子毅轻轻上纵，抱住一朵云。

叶小亚一个旋转，转出一团大风，紧接着把头埋在转出来的旋风里。她羞涩了。

"第一次见你我就爱上你了！"周子毅围绕着云朵转圈。

她的眼神愉悦而忧伤，一连用了好几个高难度动作，意思是说："我只爱舞蹈。"

"我也爱舞蹈，所以，我们能相爱的，对吗？"周子毅放开云朵，把自己也舞成一朵云。

叶小亚快乐起来。快乐是会四处流窜的，转折在脚跟处，回眸的眼睛中，燃烧在心里，像着魔了一样。

一个人的舞蹈是生活的单人舞，两个人的舞蹈是生活和爱的双人舞。和叶小亚的双人舞让周子毅产生一个奇异的理想：为什么不让全世界的人跳一次集体舞？

让世界一起来踢踏，旋转。

F.不曾丢失的红舞鞋

周子毅拿出那双保留完好的红舞鞋，穿在叶小亚的脚上，不大不小，正好。房间的镜子还是半片，可是它照得见红舞鞋。你见过跳舞的丑姑娘吗，她穿上红舞鞋后，就会飞入云端。

脚跟是寂寞的，红舞鞋让它生了心，只想踢踏，只想跳跃，不管是在水晶舞池，路边草地，还是森林的荆棘里。一直跳到筋疲力尽。

叶小亚旋转着，旋转着，周子毅和她一起飞升或沉落。

叶小亚从不开口说话，她只会跳舞，倔强地微笑。她永远都记得，在她12岁开始学跳舞的那一年，为了拿回心爱的红舞鞋，妈妈省吃俭用为她买的红舞鞋，舞院的一场大火夺去了她的容貌和声音。

她丢失了自己的红舞鞋。他们都说她失去了舞蹈，舞蹈只属于青春和美貌。叶小亚悲伤而倔强，谁说丑姑娘就不能跳舞，谁说红舞鞋只有高贵的人配穿，她从来没脱下过她的红舞鞋。

虽然叶小亚没有钱去韩国整容，但是她有一颗真实的心，周子毅爱的是她的灵魂。不以美丑论爱情，只以合适看高下。叶小亚相信，只要他们对生活的追求一样，他们一样会幸福。

CHAPTER 9

孤单相逢，月亮落花

安小安在巍的MSN签名里看到：走在心上的一行字，临别时开满了花……

A.王子也会脸红的

安小安没想到会遇见巍。2000年，大学刚毕业的安小安，从事着一份很风光的职业，在市电台做记者。这个职业，表面风光，内里辛苦，为了生存，安小安不顾命地东奔西跑。

为了组织一个大型校园文化活动，安小安必须联合各个高校的社团。在学校门口等巍的时候，安小安根本就没想到巍会喜欢上她，其实，那时连巍自己也不知道。

安小安想，他的名字真好听啊，和歌手许巍一样，也叫巍。可惜，他姓吕，不姓许。巍走过来时的样子，还真的很帅气呢，一脸的阳光灿烂。安小安早就听说巍在校园里的事情了，学习优秀，是班干部，还是这所高校好几个社团的负责人。要不是如此，安小安也不会找上巍。只是，安小安没想到，他不仅学习好、能力高，人也是玉树临风，当时，就把安小安的眼睛晃得晕了一下。

在巍学校门前的梧桐树下，夏天的阳光直亮亮地射下来，斑驳的树影光点交错。安小安循规蹈矩地把活动方案讲述了一遍，却被巍简单地打断，说他们会考虑的。

最后，因为台里的一些原因，活动并未成行。但安小安却认识了巍。在交换电话的当天晚上，巍就给安小安打了电话。后来更是经常打，一打就是半个小时、一两个小时。那一两个月的晚上，巍都是在和安小安的电话里度过的，好像形成了一种诉说的习惯。

巍不明白，他怎么有那么多话要对安小安说。他们并没有聊什么，无非就是学习、工作、人生、理想等无聊的话题。

安小安是个话唠，喜欢说话，也喜欢听别人说话，不管男女老少。曾听人说过，喜欢说话的人都是害怕孤独的人。安小安不知道自己是不是害怕孤独，可是，巍在她眼里就是一个小P孩，比她还小两岁的小孩。

可是，这个夏天都过去了，巍却再也没有见过安小安。不知道安小安又疯哪里去了，安小安只和他通电话。

再见安小安，是这年冬天了。安小安突然告诉巍，她跳到一家时尚杂志工作了。安小安把她的活力带到了这家杂志社，她要继续操作一系列的文化活动推广。

“哦。”巍在电话那边怔怔地听。

安小安需要巍帮忙。在巍见到安小安时，安小安已经冻得不行了。她跺着脚，那天刮了很大的风。巍见到安小安时，有一种奇异的感觉，他说不清楚是什么感觉。

安小安嗔怪巍来晚了，害她挨冻这么长时间。电话响，是安小安干妈的电话。安小安本事可大着呢，孤身一人来到武汉这所城市，好人缘不断，硬是被同学的妈妈认作了干女儿。

干妈知道安小安来见巍的事情，担心安小安在外面会冻着，让安小安带巍一起回家来商量工作的事情。巍犹豫着要不要去，他心里在想，不应该去，不应该去，鬼使神差，脚却跟了去。

在安小安干妈的家里，巍局促地坐在那里，只听安小安絮絮叨叨地说。突然，门响，一个年轻男人闯了进来，他奇怪地看了巍一眼，喊“妈，我回来了”。原来，他是安小安干妈的儿子。巍尴尬得不知所措，不知道是屋里暖气太热了，还是太紧张了，他莫名其妙地脸红起来，脸热心跳，像无路可逃的小兔。

面对安小安干妈家满屋子的人，巍感觉自己像极了安小安正在受审的小媳妇儿。虽然，安小安是个女的。巍被自己的这个想法吓了一跳。

B.和重庆有个约会

2001年春天，安小安认识了她大学同学的高中同学，可南。开始和可南谈恋爱。他们是一见钟情。第一次见可南时，安小安就觉得他是她上辈子就认识的情人。

安小安和可南的恋爱进行得如火如荼，炙热而浓烈。

巍夏天毕业后，就再也没能和安小安见面。他们之间的联系很奇怪，总是若即若离，电话多于见面，虽然在同一个城市。

巍告诉安小安："我要毕业了，要去重庆了。"

"去吧，去吧。"安小安知道巍要去重庆，老早以前他就给她说过了。

巍的心里微微有些失落，他本来以为安小安会说些什么，诸如"好男儿志在四方""海内存知己，天涯若比邻"之类的话，或者会心存遗憾，挽留他。

安小安没心没肺，说："重庆和四川那边我有朋友呢，有机会我可能去那边玩玩哦。有时间没？我为你饯行吧。"

安小安请巍在家门口的一个小店，吃了一碗青菜鸡蛋面。吃过这碗青菜鸡蛋面后，巍就和安小安失去联系了。

巍到重庆半年了，安小安从来没有和他联系过。巍给安小安打电话，不通。安小安正沉浸在甜蜜的恋爱里呢，她的手机丢了，换了号码，忘记了通知巍；巍的号码，粗心的她可能也不知道扔在哪里了。

巍一直等着安小安去重庆玩。

C.以你的名字为我的追寻

再次联络上安小安，是2002年8月的事情。

巍去三门峡出差，在火车站候车的时候，巍闲得无聊，随手买了一本杂志。候车室外骄阳似火，巍随意地翻着杂志，一个名字，突然跳进了巍的眼睛里。巍揉揉眼睛，仔细看了看，“安小安”，是她吗？巍不知道为何自己一直记得这个名字，像是一粒微尘落在他的心里，怎么擦也擦不去。

巍拨通了杂志社的办公电话。那边，是很好听的一个女声，不是安小安。

安小安恰好在。她没心没肺地跑来接电话：“哪位呀？”

“我是巍。”

“哦，是巍呀。”安小安开心地笑，“好久没联络了，你还好吗？”

“是呢，我还好。”巍说，“你还在那家杂志工作呀。”

安小安笑：“回来请你吃饭啊。”安小安站在高楼看窗外，有只白色的鸟飞了过去。

巍回到武汉，就找时间见了安小安。安小安和以前没什么两样。安小安也觉得巍还是那样，虽然在重庆混了两年，他还是长不大的小孩子。

晚上，巍住在了安小安家。这是巍第一次去安小安家。虽然，很早以前，他就想去。安小安把巍当是自己的一个弟弟，把他往另一个卧室一扔，自己就去睡了。

巍心里忐忑，辗转反侧怎么也睡不着。躺在床上，睁着眼打量着四周，心想，安小安家真干净啊。

巍觉得奇怪，他和安小安之间总是莫名其妙地失去联系，过一段时间，又总会再联系上。他们之间虽渐疏离，但越疏离越不会忘记对方，像命运无聊的捉弄。

这次离开，巍又失去了和安小安的联系。

D.2003年，安小安失恋了

时光真的可以见证爱情。安小安疯狂地跑来跑去，想把自己搞成疲惫的断线的风筝，最后随风飘去，落入茫茫人海，再寻不见。

2003年的春天留在许多人的记忆里，非典横行，很多地方都进行了交通管制，严禁行人随意出行。整个世界，人心惶惶，如惊弓之鸟。

随着那场瘟疫，安小安和可南的爱情也落下帷幕。

是的。可南不爱她，可南的家人也不欢迎她。她给可南打电话，可南不愿接。可南离开武汉，回到了家乡。

没心没肺的安小安开始变得安静。飞蛾扑火的美丽，注定了它的悲剧。但安小安情愿做那只扑火的飞蛾，燃烧下去。她还在等可南的回心转意。毕竟，她曾经对他那么好。

安小安说过，爱情是她的救命稻草。她的悲伤无法自已。看着窗外紫色的斜阳，有余晖缓缓落在她肩上。爱情真的可以救命吗？重要的不是“救命”，而是“稻草”，安小安一早就明白这个道理，可她愿意随那稻草一起沉下去，直至真的绝望再放手。

安小安和夏天是有缘的，她就出生在夏天。炎热的阳光晒下来时，非典已经过去。瘟疫已远去，她的痛苦不再，哀伤还留。是不是每经历一次爱情或灾难，都会有一种劫后余生的感觉?

巍给安小安打电话。在市动物园的门口，安小安见到了巍。

安小安比以前瘦了很多。巍很想知道安小安身上发生了什么事。他知道，倔强的安小安是不会告诉他的。安小安冲他笑，那笑容里隐匿了太多的忧伤。

E.你是谁优雅的狐狸

2004年年初，巍去了天津。每一次远行，巍都走得伤感而决绝。

巍不明白那些青春，是怎样地一晃而过，连尾巴也抓不住。巍是不懂得恋爱的，却在这年恋爱了。虽然，他不承认那是恋爱。

那个女孩是医院的医生，巍去那里看病，很自然地认识了她。在看到巍的第一眼起，那个女医生就喜欢上了巍。一个医生，怎么可以爱上自己的病人呢？可是，巍习惯了她对他无微不至地照顾，他一直把她当姐姐的，当最亲的亲人。

她问巍："难道你没恋爱过吗，难道你不懂感情吗？"

巍困惑地摇头，他真的没有经历过这样的恋爱。他一直觉得自己好脆弱，是一个敏感的孩子，需要人来保护。可这一刻，他需要长大，从沉睡里醒过来。

巍仔细地回忆，他喜欢过某个女孩吗？如果曾经喜欢过，那是谁？安小安的影子在巍的脑袋里恍恍惚惚。

工作和生活的双重压力，使得脆弱的巍得了抑郁症。

凌晨一点，巍辗转反侧，睡不着。他想起了安小安，想起以往给她打电话的时光。可是，安小安从来都不在乎他，从来没有主动跟他有过任何联系。巍觉得很辛酸，但是巍怎么会理解与明白安小安的苦楚呢。

拿起电话，巍拨了过去。

安小安迷迷糊糊地接起电话，是巍。

巍叹息："你还没睡着吗？"巍不知道，安小安自从和可南分手后，就再也没有安睡过。失眠是留恋爱情的另一种方式。巍很想告诉安小安喜欢她，但他不知道如何说出口。

现在，巍才明白，为何当初自己会一遍又一遍地给安小安打电话，为何在安小安干妈家会突然脸红，为何在那些时间空白的无涯里，他不仅没有忘记安小安，反而把她的名字记得更深。因为，从第一次见安小安时，他就喜欢她了。可是，到现在巍才明白这个道理。

安小安可以感觉到巍电话那端的孤独和忧伤。两个孤独的人抱着电话一起取暖。安小安，聪明如她，也有后知后觉时。

巍恢复了和安小安的电话时光。夜深人静，或晨光初现时，巍的电话总会打过来。安小安静静地听，或劝慰，或什么都不说。

2004年10月，巍从天津回武汉。在列车上，巍看见某本时尚杂志，第一篇就是安小安写的“做一只优雅的狐狸精”，巍看得开怀大笑。

巍给安小安打电话，说：“我看见你写的那篇文章了。”

“哪篇啊？”安小安迷糊地问。

“狐狸精啊。”

“哦，是啊。你不会觉得我就是想做一只优雅的狐狸精吧。哈哈，找打。”安小安嘻嘻哈哈开玩笑地说。可是，安小安心里很忧伤，她真的想做一只优雅的狐狸精呢，那样，就可以把可南迷住，把可南找回来。

安小安还在等着可南，或许也是因为暂时没人可替代。

冬天，巍调到了安阳工作。巍跑回武汉时，鼓起勇气，对安小安说：“我喜欢你。”安小安说：“别和我开玩笑了，你是个不安分的人呢。”安小安不喜欢东奔西跑的人，她觉得他们的爱情也会被迫流浪。她是那么恋家的一个人。

喝着安小安煮的苹果粥，清香而浓郁。巍心里有幸福，又有失落。

巍能感觉到安小安心里竖起的堡垒，把一切隔绝在外。在安阳的空房子，又冷又静，巍在孤独的夜里不断给安小安发短信，都是一些心理测试和脑筋急转弯的竞猜。先让安小安作答，然后再把答案发给她。他能感觉到安小安心里的寂寥，他只是不想让彼此都寂寞。

整夜的失眠，巍无法入睡。

安小安感动于巍做的那些点滴，只是，她真的还没完全放开可南。有时，安小安想，就接受了巍吧，至少，他会对她好。但巍是和她一样脆弱的人，谁又可以照顾谁呢。

天空开始下雪，纷纷扬扬。听说，巍的房间没有暖气；听说，巍经常失眠，被噩梦吓醒，安小安心里没来由地疼。安小安买了电暖气和收音机，她想亲自给巍送过去，那会儿，她真的想和巍恋爱吧。

安小安没有想到巍会制止她。巍让安小安用托运把电暖气和收音机送过去。安小安心里很失落。也许，真的被她猜中，巍不是真心喜欢她，只是因为孤独吧。心里刚刚升起的那一点欢喜和恋爱的念头，被安小安强制压了下去。

F.睡到地老天荒

2005年春节，安小安去了北京。她一直想离开这个城市，到伟大的首都去。不论爱情，还是工作，她都想开始新的生活。安小安心情很不好，可南忽然记起她的好，开始和她联系。北京有家媒体让安小安春节过后就去上班。可是，从武汉到北京，一千二百余公里的路程，相隔甚远的不止是距离，更多的是生活的习惯。对一个城市和一个人的依恋，让安小安选择留在武汉。为了可南，那近乎万分之一的希望。

安小安一直没和巍联系。巍的心情也很失落，工作忙得郁闷，到处追账和出差。

其间，巍给安小安打电话，安小安都不愿意接。她不愿再见巍。

安小安说，见与不见，都是一样的。是的，结果都一样，安小安不再相信爱情，也无法再相信巍，他已经给不了她想要的那种安全感。

巍一直渴望着安小安主动给他打一个电话，或发一条短信，即使什么都不说，便足以让他欢喜。巍想不明白，那个安阳的冬天，安小安似乎和他恋爱了一分钟，可瞬间就消散了。眼泪来不及掉下，就已蒸发。

安小安还是没能和可南走到一起，在经过短暂的和好后，分手反而更迅速。可南，又一次毫无征兆地出轨了。

在夏天的风里，安小安听蝉在唱歌，拒绝和任何人接触。

有时，接到巍的电话，安小安会想起那一刻她曾有过的心动，青春老得早已把心动的力气都消磨殆尽。

2006年，巍去了山东……

整整两年，安小安没有再见过巍。安小安说，巍对她的期望太沉重了，已不仅是爱，而是理想。安小安一直把巍看作弟弟和朋友的。但巍，不愿做她的朋友或弟弟。

有时候，安小安会接到巍威胁她的电话："我以后再也不会打搅你了。"巍想用这种方式来挽留安小安对他的那点心动。可安小安觉得自己真的老了。开始，安小安还劝慰巍几句，反复几次后，安小安只是不动声色地听巍说完，她明白，他只是需要发泄。

有时候，安小安自己都觉得困惑。她真的是铁石心肠的人吗，毫不动情？可是，为了可南，她万劫不复。很多年很多年后，安小安才知道，她自己也喜欢过巍的。只是，那种喜欢只停留在青春的尘埃上，风还没来得及吹就散了。要不，她怎么也一直记得巍，反而忘记了比巍熟识得多的那些过往的人。

G.2007年，得到却不曾失去

安小安以为再见不到巍。在经历了太多的事情后，她已经释然。

那些青春里的爱恋，就像历史传说中的蛛丝马迹，无法推敲，无法探寻真相。听说，巍有了自己的女友，有着简单的幸福。是啊，幸福就好。听说，巍也变得释然。

巍就要去深圳工作了。离开山东，离开来了又走的武汉。

巍给安小安打电话，已经是2007年夏天了。电话里，巍的声音很平静，他不会再勉强她。他让安小安去看他的博客。

世上有一种朋友

能让你表现得自然

就算走往不同的方向

没有解释

也知道

你心里所想

相聚时间总是太短暂

再失去联络也是平常

也许你永远不会知道

你曾经让我感到久违的温暖

……

人的感情，在岁月的流转里，变数很多。有的是越变越亲近，有的是越变越遥远。安小安看得流泪满面，为那些逝去的青春和留不住的年华。巍说的对，有一种朋友，就是这样，互相温暖，却不经常挂在心上。如同一粒粒木糖醇口香糖，放到嘴里是丝丝凉凉的甜味，即使不在了，还满口薄荷的清香。即使他远在深圳，即使安小安远在武汉，他们永远是彼此最温暖的牵挂。

CHAPTER10

你眼中的世故，原来是桃花迷了眼

A.

春天还没有过去，桃花已经零落了，城市的农业大道上，辗满了花泥。黎洛没有注意那些桃花，他开车驶在马路上，在想着怎么处理歌拉的来电。

歌拉在家乡的小城，她突然给黎洛打电话说，她要来黎洛的城市，要到黎洛的城市工作，在此定居，让黎洛帮她找一处房子。接到歌拉的电话，黎洛有些吃惊。歌拉一定是从黎洛父母那里知道了他的电话。

歌拉是黎洛青梅竹马的邻居，小黎洛五岁。中学时，黎洛喜欢过歌拉的姐姐，现在她已嫁作他人妇。黎洛和她们已经有五年未见了。除了小时候在一起玩过“过家家”以外，黎洛觉得和歌拉并不熟悉。他们只是认识，连朋友都称不上。

黎洛喜欢过歌拉的姐姐，但那已经是过去的事情。他不知道歌拉这次来有什么用意。中国有很多城市，歌拉为何偏偏要来这里？

黎洛望向飞逝的桃花，春花迷人眼。

B.

歌拉终于来到黎洛的城市，可并没有见到黎洛。

黎洛直接给了歌拉一个电话，那是歌拉房东的电话。黎洛告诉歌拉详细的乘车路线，让歌拉自己搭车去。

歌拉有些生气，她觉得黎洛再怎么忙，也应该去车站接一下她。她一个柔弱的女孩子从家乡的小城跑到这个陌生的都市，人生地不熟，除了对爱情的一腔热忱，她一无所有。

歌拉自己搭车到了租房处，转了两趟车，拿到住房钥匙的时候，已经是晚上九点。歌拉累得够呛，她明天还要自己去找工作。

C.

黎洛是故意躲着歌拉的，在弄清歌拉的意图之前，他觉得还是不见她比较好。

黎洛并不喜欢歌拉。经过五年的打拼，黎洛已经从一个穷小子变成一个中产阶级，从一个理想主义者变成一个务实主义者。从最初的一无所有，到现在有房有车有点小钱，可以自由自在地生活，黎洛已经把那段感情忘掉。对于黎洛来说，得不到的东西，苦苦纠缠下去，只会伤人伤己。

黎洛不知道歌拉是否是因为他才跑到这里来。人一旦发达了之后，难免会有些骄纵，有些自以为是。黎洛自己没发现，他的眼睛虽然还如年少时一样温润明亮，内里却隐藏着成人的市侩和精明。当初，就是因为他的贫穷，歌拉的家人才没有把歌拉的姐姐嫁给他，贫穷的男人没有钱去买白马，没有白马哪来王子呢？所以，古代的穷书生也要等到考中状元，才能返身去迎娶富家小姐。

现在，一定是歌拉家人看黎洛混好了，想让歌拉来拉拢他。歌拉和她姐姐长得很像。黎洛鄙视这样的人。

D.

歌拉终于找到了合适的工作。在她找到工作的第二天，她就向黎洛借了一万元钱。歌拉说，她身上带的钱不多了，从黎洛这里暂时挪用一下。

黎洛起初不想借给她，他担心这是一个陷阱，跳下去再也不好上来。黎洛知道歌拉家人的精明和善于算计，如果歌拉到时候以色抵钱，他也没什么好办法。

黎洛给家人打电话，要不要借给她？

家人的意思是，都是邻居，又是拐弯抹角的亲戚，不借怎么好意思？再说，歌拉一个小女孩在那里怎么办？

黎洛想想也是，就去银行取出钱，开车给歌拉送去。

E.

见到歌拉，黎洛眼前亮了一下。歌拉已经不是那个土里土气的小城女孩，一身洋装穿在身上，时尚、漂亮。虽然和她姐姐确实很像，但仔细一看，眉间却又比她姐姐多了份英气。

黎洛对歌拉产生了一点小心思，可这女孩身上的刺芒太多，黎洛不愿太多招惹。何况，歌拉的姐姐以及她势利的家人，那拐弯抹角的亲戚关系，怎么摆脱？黎洛悄悄收回杂念，和歌拉有一搭没一搭地说话。

歌拉貌似不经意地问黎洛：“你现在有女朋友了吗？”

黎洛其实一直都没女朋友，但那天不知为何，他竟然鬼使神差地说，有女朋友。

黎洛不知道自己是出于什么心理，是为了保护自己、绝了歌拉及她家人的妄想，还是真的就不喜欢歌拉。

听到这个答案，歌拉眼底闪过些许失落，但仔细一看，却又什么都看不出。

黎洛心里暗暗地得意，爱情可不是交换。黎洛想，难道你就那么想鲤鱼跳龙门，利用我做跳板吗？男人都不是傻瓜，他只会为他应该付出的人付出，而且只付出他能够付出的一小部分。

F.

从歌拉那里回去后，很长时间，黎洛再也没有见过歌拉。

黎洛从来不给歌拉打电话，他觉得那样容易引起不必要的误会。反正，他又没准备和歌拉谈恋爱。和家人通电话时，他们会顺带着问起歌拉的近况，从他们的闪烁其词中，隐隐透露出想撮合他们的意思。都是一个小城的人，从小一起长大，父母之间互相熟悉，最关键的是，可以让黎洛早点结婚。

大学毕业后，黎洛也谈过几个女友，这几段蜻蜓点水般的恋爱，让他有些倦，自以为看透了爱情的真相。只要你有钱有势，很多女孩都会围着你转。现在的女孩只要看到开着宝马的人，就以为他是自己的王子了。她们没看见，王子是属于大家的，不属于某个人。所以，有钱的男人往往在女人圈中如鱼得水，十分吃香。

歌拉倒是经常有事没事给黎洛打电话，约黎洛过去玩。

黎洛心不在焉地敷衍着，心想，哪一个女孩能抵挡得了物质的诱惑？这么急着扑过来，也太掉价了吧。虽然黎洛喜爱桃花，但他绝不沾染有毒的桃花。黎洛信奉的是，只在花中行，片叶不沾衣。

久而久之，就算是再愚钝，歌拉也感觉到黎洛刻意的冷淡和疏远的态度。但让黎洛惊讶的是，歌拉却始终不依不饶，总是约他见面约他出去玩。

不胜其烦的黎洛见她不死心，甚至想着，要不要找个女性朋友来充当女朋友，彻底绝了歌拉的念想。

G.

黎洛还没有想好找谁来冒充女友时，歌拉又向黎洛借钱了。黎洛就算是再好的脾气，也还是脸色有些不好看。歌拉已经来这个城市工作三个月了，自己应该有一些积蓄，怎么还要借钱？真把他当摇钱的大树了？

黎洛甚至想，歌拉是不是贪图他的钱财，故意找他借钱，好以此来接近他，达到恋爱结婚的目的。这绝对不是歌拉自己的主意，一定是她家人给她出的坏主意。

以前歌拉就在电话里跟黎洛说过，她再也不愿回家乡那个小城，土气而贫穷。她想留在黎洛的城市。她问黎洛，如果她到时离开公司自己出来做生意，黎洛会不会帮她？

黎洛哑然。这个女孩还真不容易摆脱，心机深得跟个无底深渊一样。

黎洛到底不忍心，心想，这是他最后一次借钱给歌拉。黎洛问歌拉，你的钱哪里去了，怎么那么不够用？

是啊，歌拉每个月5000多元的工资，在这个城市消费是足够用的。歌拉犹豫了一会儿，找了很多借口，又是房租，又是衣服，又是化妆，又是娱乐，每样都不可少。5000多元，让歌拉捉襟见肘。

黎洛有些失望，又有些庆幸，幸好没和这样的女孩恋爱，花钱大手大脚，太不懂得理财和节俭。男人都不喜欢这样的女子，持家有道才是男人选择妻子的第一标准。

H.

黎洛第二次见到了歌拉。此时的歌拉仿佛一朵被霜打了的白玫瑰，正是娇娇俏俏的年纪，眼角却有了细碎的皱纹，脸色苍白，两眼无神。他有些吃惊，又有些心疼，歌拉到底还是一个小女孩，从异乡到这个陌生城市，承受了很多压力。可他却没有真正关心、问候过她。

不管她家人怎么对他，歌拉是无辜的。也许，歌拉只是充当了一颗无奈的棋子。

黎洛把钱递给了她。黎洛说："你啥时间有钱了再还吧，我暂时不急用。不过，这也是我最后一次帮你了。你要争气！"黎洛撇过头去，不再看歌拉。

黎洛觉得自己已经够大度，他跟歌拉讲了一番如何理财的道理，然后，转身而去。走了两步，黎洛又转身看着歌拉，冷着脸说："如果你没什么紧急情况，就暂时不要给我打电话了，我担心我女朋友会产生误会。"

歌拉说："好。"歌拉的眼里满是荒凉。

I.

黎洛真的没有再接到歌拉的电话。黎洛很得意自己的伎俩，用一个虚假的女朋友和一番大道理就镇住了歌拉，摆脱她的纠缠。

有时候，黎洛也会想，如果没有歌拉家人的原因，如果没有歌拉的姐姐，也许他愿意和她尝试着开始一段恋爱。但既然自己已经意识到这爱情是一场阴谋，又怎么会让自己掉到陷阱里呢？

一个月过去了，黎洛忘记了歌拉，生活得逍遥自在。也许，歌拉拿了黎洛的钱后，就从此死心，真的不再纠缠他了。不过这钱，拿回来的希望也不大了。不管怎样，是歌拉和她家人欠了黎洛一个很大的人情，终于在黎洛面前矮了一等。黎洛有种扇了仇人耳光后的报复快感。

┘.

很长时间了，大约半年了，还是没有接到过歌拉的电话。偶尔，黎洛会想起她来，眼前闪过她漂亮的倔强的孤独的脸。

黎洛多少还是有些担心，毕竟是家乡人。他给歌拉的公司打电话。歌拉公司的人说，在一个月前，歌拉已经辞职了。至于歌拉去了哪里，他们也不知道。黎洛有种人财两失的感觉，像是上当了一样。他气恼地觉得，于情于理，歌拉走时应该和他打声招呼。

黎洛给家人打电话，问起歌拉的事情。家人告诉他，一个月前，歌拉已经把欠黎洛的钱还给家里了，还了钱之后就又走了。家人一直忘了把这事告诉黎洛。黎洛有些诧异，他没想到歌拉居然还会还钱给他。

家人说，听说，歌拉喜欢上了一个城市里的男孩，那个男孩在歌拉的小城和歌拉相识相恋。后来，那个男孩回到了自己的城市，歌拉就独自离开小城，也来到了那个城市。没错，那个城市就是黎洛所在的城市。

歌拉家里不同意歌拉和男孩的婚事，那个男孩有天生心脏病，歌拉为了给男孩治病，花了很多钱。男孩的家里也不接受来自小城的歌拉。他们就一起私奔了，不知道现在去了哪里。

家人还没有说完，黎洛手里的电话就掉在了地上。他就这样被自己的自以为是重重地扇了一个耳光，心里五味杂陈。本来，他以为歌拉来这个城市是为了找他，是一场世故爱情的预谋，他千防万防自以为得计，没想到，他才是那个最世故的人。他以为他看明白了爱情的真相，懂得了爱情，却原来，他是那个最不懂爱情的人。

CHAPTER11

风吹花笑天

A.中了爱情的蛊

从一个城市逃离到另外一个城市，叶小风以为自己可以忘记那个男人，所有的肝肠寸断、爱断情殇，使她一次又一次委屈自己，背叛自己的信仰。

背叛与逃离，使她彻夜难安。

爱情是一种诱惑，诱惑着她粉身碎骨。她有着飞蛾扑火的绝艳，有人喜欢她，却无人懂得她。她只有带着泪水逃离。

如果那个男人还是男人，就应该来寻她。可是，他像眼泪消失在风中一样，再也不见。他一次又一次让叶小风从希望的云端跌入绝望的谷底，那场缠绵悱恻三年的爱情，给叶小风留下了后遗症。她中了爱情的蛊，那种使人痛不欲生的蛊。

B.遇见花笑天

所有的黯然，都因寂寞而起。因为寂寞，产生爱情；因为寂寞，产生怀念；因为寂寞，产生心痛。

寂寞的叶小风遇见了寂寞的花笑天。

叶小风是经常泡在网络里的。这是认识她的人都知道的事。那天，在网络里遇见，叶小风被花笑天的名字吸引，一见钟情。叶小风本不相信一见钟情，所谓的一见钟情不过是一场道貌岸然的意淫盛宴。扯着爱情的旗帜寻欢，比什么都来得妥帖安全。

然而可笑的是，叶小风竟然对一个从未见过面的人一见钟情了。

花笑天就像算命先生一样，轻轻松松就把她潜藏在四肢百骸的所有心事和抑郁找了出来，说出了叶小风所有的寂寞。叶小风有些生气，她从来都不喜欢男人的自以为是。虽然花笑天言中了她的心事，叶小风还是觉得男人很愚钝，他们不明白女子真正的心思，就像她从前的那个男人，提起他，叶小风就觉得心痛。当花笑天用激将法，提出要见她时，叶小风不情愿地把电话号码给了他。

此时正是一个雨夜，淅淅沥沥的雨下了一天。叶小风不相信他会这么晚跑出来。如果真是那样，他不是疯子就是傻子。叶小风有点幸灾乐祸。

电话响，同事坚持约叶小风一起去喝酒。她忘记了，今天是一个同事的生日，大家要在同事家聚会。

当花笑天的电话打过来时，叶小风已经在聚会上醉得一塌糊涂。同事们嘻嘻哈哈地打闹，迷迷糊糊中，她听见花笑天说："我已经到了你家楼下。"我告诉你我家地址了吗？这个男人还真傻，叶小风想。可是，她已经醉得起不来了，昏睡了过去。

"喂，喂。"电话里传出花笑天焦躁的声音。可是，叶小风睡熟了。

C.十三楼的空气

花笑天像消失了一样，再也没有给她来过电话。偶尔，叶小风会想起那个雨夜，花笑天说过的那些话，很少有人看出她的寂寞。为那个雨夜的失约，有时，她心里会有一丝愧疚。但，很快就过去了。

人总是这么善忘，叶小风照常工作、生活，怀念从前的那个男子，虽然，她已经不再抱任何希望。

叶小风再想起花笑天，是在三个月以后。原来那个城市的好友如愿以偿要去北京发展，突然的别离，让她想起很多往事，那座城，那个人。叶小风本就是多愁善感的人。

她突然很想找个人说说话，想来想去，才发现在这个城市，她根本没有朋友。孤独的爱情，孤独的城市，叶小风就像个缺爱的孤独患者，毫不费力就能掉下一串热泪。

花笑天接到叶小风的电话时，吃了一惊，他嘻嘻哈哈笑着：“我以为你把我忘了呢。”叶小风说：“贫嘴！”叶小风听到花笑天明朗的声音，心里的阴郁一扫而光。

花笑天赶到约定的地点时，叶小风已经等在那里。和所有见过叶小风的人一样，花笑天觉得叶小风真像一个女鬼，不食人间烟火，说不上惊艳动人，但她那清秀孤独的气质却寂寞得让人心悸。

花笑天爱上了叶小风。叶小风看着这个男人，他们身上有着一样的孤独。对于没有爱情的人来说，一个人醉和两个人醉没什么区别，一样的心痛使他们毫不惊奇地纠缠在一起。

说实话，叶小风并不爱花笑天。她觉得花笑天还是年轻了一些，缺乏成熟男子的沉稳，但她并不讨厌花笑天的温柔抚慰。叶小风站在十三楼的窗口，点起烟，窗外望去灯火通明，可是没有她想要的那一盏。

花笑天长得并不难看，有着年轻人张扬的青春，他只是比她小三岁而已。他看着她吐出的烟圈，一卷卷地缭绕着夜色的暧昧，那星点的红除了寂寞还是寂寞，他无法自已地心疼。

花笑天从背后握住叶小风的手，轻轻地摩挲。叶小风的眼泪顺颊而下。虽然她不爱他，但她还是希望有一个人能真实地爱自己。

D.毒是紫蓝色的

叶小风永远记得她给那个男人发过的短信：如果我回去找你，你会和我在一起吗？

就是这样一条短信，彻底摧毁了她的希望。

良久，那边才回过短信来：请不要再考验我了，我无法承担。语气是那样决绝，叶小风的心一阵阵地冰凉，冰凉到骨髓里。男人都比女人更心狠、更决断于感情吗？叶小风觉得恍惚。

那年在他的公司相遇，开始爱上他，整整爱了三年。时间不短也不长，其间的辛劳足够衰老她的心。她一直努力，努力乖巧，努力明事理，以为这样他就可以回心转意。最终，他还是选择了现世安稳，他无法舍弃那个可以给他富贵的女子。后来，听说，那个女子本就是他的妻子。他抱着她，乞求她的原谅，说一切都是情不自禁。那场爱，原来只是她的一厢情愿，和他的寂寞花心刚好相遇。

男女之间，并非每一个欺骗，都可以用“情不自禁”这四个字遮掩。中间的徒劳与消磨，让人心力交瘁。

纠缠到底，终是放弃。

可那场爱情留下的蛊毒，让叶小风疼痛难耐。毒是紫蓝色的，像一朵盛开的、妖冶而瑰丽的花，让人心碎神伤。

E.失踪前的故事

听说，爱一个人，就会骗一个人。多么希望，这个人可以骗我一辈子。谁先中途中断，另一个人就在爱情中举起白旗。

叶小风看不懂花笑天脸上的神情，他的脸上有些温柔后的落寞。

他说，他的姐姐是个杀手，她杀的第一个人就是她爱的人，因为她得不到。她以为杀死他，就可以得到他，可是没有。姐夫死的那天，家院里种的玫瑰大片大片地凋零，像姐夫的血一样红。

东窗事发，姐姐亡命天涯，带着姐夫的骨灰。她恨那个让姐夫牵肠挂肚的女人，也恨无良的男人。从此，她做了杀手。

叶小风听得毛骨悚然。

花笑天歪头笑着侧脸看她："你相信这个故事吗？"

叶小风脸色难看，她不知道花笑天为何要给她讲这样一个故事。可是她又有些心惊，只好装作生气地回了句“无聊”，就转身背对着他睡去。

她看不见，花笑天有一滴泪，打在锦缎被面的百合花上。

F.情人小偷

当叶小风第二天醒来时，发现花笑天不见了，顺带着不见的还有她藏在枕头下的3135元钱。她看见桌上有花笑天留的一张字条：我走了，昨天给你讲的那个故事，你一定要信！取走你的钱，是为了留下你的命！叶小风欲哭无泪，她怎么也没想到，花笑天不仅是个小偷，还是个骗子，居然编了这么拙劣的一个故事来骗她。

叶小风给花笑天打电话，怎么都打不通。她瘫坐在地上，无力地抽泣。她刚来这个城市才半年，也不认识什么朋友，那可是她手头仅有的钱。这个月让她怎么活呀？

叶小风在想着要不要报警，可是，报警了又能怎么样？说情人偷了自己的东西？那又怎么可能。昨晚，所有的邻居还都看到她和花笑天一起出双入对，顷刻间，他居然成了小偷？生活真是充满黑色幽默。

也许，他只是一时急用，过不了多久，他会还回来的。叶小风这样安慰自己。

G.原来蛊不是他给的

给那座城市的朋友打电话求助，朋友突然说，顾鹏宇死了，死于一起车祸，在一个月前。叶小风一怔，电话就掉在了地上，眼泪落了下来。

没错，顾鹏宇就是曾经和她有过三年感情纠缠的人。虽然早已没了爱情，但情分还在。叶小风没想到事情这么突然，她从来没这么痛彻心扉过。她托了朋友帮她查找当时顾鹏宇车祸的案宗。

朋友把案宗的复印件寄过来的时候，已是一个月后。上面明明白白写着：顾鹏宇，生活作风不检点，和妻子花映月婚姻不和。因和秘书小何关系暧昧，在和妻子乘车途中产生严重争执，打斗中不慎方向盘失灵，撞向路边大树，其亡，其妻昏迷，醒后一度精神不稳。

原来自己爱了那么久的人，居然是这样的一个人渣。叶小风突然茫然失笑，为自己那些纯情的岁月，为自己的蛊毒。一切都不值得。所有的蛊毒都是她自己给自己制造的，事情在一开始时就很明白。

H.陌生女人的来访

这天，叶小风下班出公司门时注意到，一个陌生女人一直在盯着她看。她觉得很古怪，浑身上下极不舒服。

陌生女人走到叶小风的面前："你可是叶小风？"

叶小风奇怪地问："你怎么知道，你找我有什么事？"

"你最近见过花笑天吧？"

叶小风吃惊地退后两步。陌生女人从包里掏出一叠钱，塞到叶小风手里，这是花笑天欠你的。叶小风数数，不多不少，3135元。

"他去了哪里？为什么他不自己来？你又是谁？"叶小风隐隐有些不安。

"我是他的姐姐，花映月。"陌生女人转身而去，噔、噔、噔的鞋跟声消失在车流人群里。叶小风茫然失措地站在街头，五味俱杂，像被霜打了一样。

1.结束也是开始

叶小风再没有见过花映月和花笑天。

本来，花笑天是为了给姐姐复仇才故意接近叶小风，当他发现叶小风那么清秀和落寞时，就确定她和秘书小何是完全不同的两种人，短短一瞬，他就看穿她的蛊伤。花笑天终止了复仇游戏，却发现自己爱上了叶小风。作为小惩，他拿走了叶小风所有的钱。不管是叶小风，还是他姐姐，她们都是顾鹏宇的玩具之一，都中了顾鹏宇的蛊毒，谁都不比谁更可怜。

花映月原谅了叶小风，为了弟弟。作为交换条件，他再也无法与叶小风相见，虽然，他知道叶小风并不爱他。从此，这个世界上又多了一个身患爱情之蛊的人。

世上有许多种爱情，也有许许多多的故事。每一个中了蛊的人，如果没有遇到命定的那个人，没有情蛊的解药，就只能一生让心飘零，无处依靠。

CHAPTER 12

金苹果的秘密

A.樱子

在伊甸园里，亚当和夏娃被一条蛇诱惑，偷食了禁果，从此人类有了爱，也有了恨。爱是上帝对人类的褒奖，恨是上帝对人类的惩罚。只有在爱与恨的纠缠里，人才会感觉到自我的存在。那个禁果，就是苹果。

许明扬不喜欢这个传说，他觉得男欢女爱，是再正常不过的事情。中国古人说，饱暖思淫欲，亚当和夏娃在伊甸园里吃饱喝足之后，一定要找些事情来作乐，何必把责任推诿到一条蛇的身上。

许明扬超喜欢吃苹果，如果说苹果是禁果的话，他已经吃得太多。作为本市的第一钻石王老五，身家数亿，相貌端庄儒雅，风趣幽默，善于调情，是最佳的情人人选。很多女孩子甚至放言，如果能和许明扬有一夜温情，死了也值。许明扬有他骄傲的资本，他才不在乎吃了多少禁果。

现在流行“三不男人”，不主动，不承诺，不负责。许明扬是三不男人里的极品。多少花落娇客下，不点东风压西风。

许明扬把玩着手里的苹果，饶有趣味地看着它。这是他今天接到的第17个苹果。每天，都会有不同的女子通过不同的途径把自己的苹果送到许明扬的手中。苹果上刻了女子的名字和电话，许明扬会根据自己的心情，挑选其中的一位和她共进晚餐。

B.绿衣女子

在餐厅看见绿衣女子坐在那里，许明扬微笑着走了过去。他按住绿衣女子的肩膀，在她耳边吻了一下。绿衣女子没有转头，她知道是许明扬。在偌大的餐厅，人来人往，也只有许明扬会这么大胆不羁。

许明扬坐在绿衣女子的对面，不说话，细细地看着绿衣女子。绿衣女子没有倾国倾城之姿，按往常，定难入许明扬的法眼，但今晚的许明扬格外兴奋，他喜欢那个绿衣女子的名字，苹果。见识了那么多女子，许明扬还没见过这么奇怪的名字。许明扬对这个绿衣女子甚感好奇。

绿衣女子轻轻地啜着咖啡，丝毫没有其他女子初见许明扬时的慌乱。

绿衣女子打破席间的沉默，说：“你可以叫我苹果。”

许明扬的眼睛笑起来，乍暖还寒：“你的名字可真奇怪。”

“是吗？你不是第一个这么说的，也不会是最后一个。”绿衣女子莞尔轻笑。

许明扬发现，绿衣女子笑起来其实还蛮好看的，有点清秀的落寞。她的眼睛里藏的东西很深，让人看不透。

许明扬做事一向直来直去。他问绿衣女子：“今晚你要什么？要一夜欢愉，还是一夜倾心交谈，还是就这样坐到天亮？”

绿衣女子神秘地笑了："你真能答应我的一个要求？"

许明扬歪头想了想："只要是我能力所及。"

绿衣女子爽朗地大笑："都说许明扬是个人物，果然传言不差。"

绿衣女子定定地看着许明扬，向前欠了欠身，说："我想向你索要一个苹果。"

许明扬诧异地笑了，举了举手里的苹果，说："还给你。"那个苹果上面刻着绿衣女子的名字。

绿衣女子把苹果推开，压低声音说："我要的不是这个苹果，而是你家里藏着的那颗金苹果。"

许明扬大吃一惊。知道他喜欢吃苹果的人很多，知道他流连于风月场的人更多，但知道他家里收藏有金苹果的，还没有。她是怎么知道的？

许明扬神色不变，缓声说道："小姐真会开玩笑。小姐想吃苹果，我家里有的是。至于小姐所说的金苹果，确实没有。"

绿衣女子若有所思地笑了笑，"哦"了一声，说：

“没有就没有吧，我也只是和许先生开个玩笑而已。我还有事，先告辞了，容后再见。”

绿衣女子不等许明扬表态，便起身离去。

许明扬没来得及挽留，他还在想，她是怎么知道的呢？

C.城市迷宫

许明扬给秘书老吴打电话，让他带人跟踪刚才的绿衣女子。

绿衣女子出了餐厅大门后，就急急走向一个小巷。她似乎知道许明扬会派人跟踪，就在七里八弯的小巷里乱转。很快，老吴就跟丢了。

老吴呆呆地看着复杂的街巷，随即命人分开搜索。他自己转到一个小屋门前时，看见小屋里有身影闪过。老吴急忙站住，小心翼翼地上前。正准备敲门时，有人在他背后拍了一下：“你找谁？”

老吴吓了一跳，回头一看，一个绿衣长发的女子，满脸血污，正站在他背后。老吴惊叫一声，晕了过去。

其他人听到老吴的惊叫，赶过来时，那女子已经不见了。

再看来时的巷子，好像变了一个样。众人心生恐惧，赶紧抬着老吴退了出去。完全退出来后，看看那些街巷，还是原样。他们好像做了一场梦。

老吴晕过去后，一直没有醒。怎么叫都叫不醒，像是处于深度昏迷的状态。老吴的胸口多出一块黑色的印记，任医师怎么检查，也说不出所以然来。那黑色的印记像是一块霉斑，又像是天生的胎记。许明扬有些着急，他想等老吴醒来，好问他详情。

可是，老吴没有醒来。第二天，老吴从医院消失了。医生和护士都不知道老吴是几时不见的，也不明白一个深度昏迷的人是怎样离开医院大门的。当天医院的监控全部坏掉了，警察也无能为力。

许明扬着急地在房间踱来踱去，懊悔自己不该放走那个绿衣女子。

D.神秘苹果

许明扬突然想到那个绿衣女子想要他的金苹果。

那颗金苹果是多年前许明扬在一个机缘巧合下，低价购买所得。这颗金苹果值钱的地方，并不是它外表所裹的999克纯金和镶嵌的21颗钻石，而是它所带来的好运气。

因为这个，许明扬一朝发达，过上了锦衣玉食的生活。

许明扬已经好久不来自己的密室了。他打开暗格后的机关，来到地下室。许明扬在地下室安装了很多照明设备，里面亮如白昼。

许明扬打开一个密封的铁盒，金苹果还在。许明扬把金苹果拿起来，仔细地看了看。他觉得奇怪，这个苹果除了材料名贵以外，没有什么特别的地方啊。

许明扬已经研究了这个金苹果很多年，还是没有发现什么。他只知道，自从有了这个金苹果，他的命运似乎一下就发生了转变。一切都那么不可思议。

许明扬曾去外地请一个古董专家看过，那个古董专家也觉得很奇怪，里面好像是空心的，能听见声音哗啦啦地响，但不管用什么工具都打不开。构造这么紧密的珠宝，那个专家还是第一次遇见。为了赚钱，他信口猜测，说这里面一定有极为重要的东西。但具体是什么，谁也不知道。

许明扬把金苹果秘密地收藏了起来，除了当年的卖主和那个古董专家，谁也不知道许明扬还有这么个宝贝。许明扬相信，这个宝贝可以给他带来一生财运，永保他平安。

E.凶案再现

就在许明扬紧张地寻找绿衣女子时，凶案又发生了。许明扬最疼爱的一个情妇若眉在驾车回家时，汽车失控翻下立交桥，车毁人亡。而事发的那个夜晚，月光很好，出事路段没有任何的障碍物体。

公安机关立案紧急调查，若眉没有酗酒的记录，也没有服用任何违禁的麻醉药物。虽然许明扬的情人众多，但他一向实行他的“三不政策”，打理得很好，应该可以排除情杀的可能。

让警方感到迷惑不解的是，在出事的前一个小时，若眉两次一边开车一边给妹妹打电话，说是看见一个满脸血污、穿着奇怪装束的绿衣长发女子，手里捧着一个红艳艳的苹果，像染了血一样，直勾勾地盯着她看，看得她毛骨悚然。

许明扬感觉自己要发疯了。这是绿衣女子第二次出现。上次，她的出现导致老吴莫名消失。这次，竟然夺去了他一个女人的性命。

许明扬觉得，若眉一定是产生了幻觉，才会独自在漆黑的夜里行驶时出了问题，最后导致汽车失控掉下立交桥。

奇怪的是，为何都是同一个人呢？为何都是那个绿衣女子？

许明扬派人找了很多天，一点线索都没有，她好像从来没有出现过一样，彻底不见了。

F.恼人的流言

第二天，城市的各大报纸不约而同地出现了类似的新闻：《本市钻石王老五许明扬身边人多遭谋害》《金苹果现世，被某钻石王老五低调收购》《疑凶再现，许明扬情人遇险》……一个接一个的重磅消息压得许明扬喘不过气来。

许明扬给报社打电话，质问他们从哪里得到的消息，要控诉他们诽谤，损害了他的名誉权。报社记者不理会许明扬。很多时候，你不出事时，很多人把你当“爷”供着，一旦被抓住了小辫子，他们就变成了幸灾乐祸的人。况且，钻石王老五、许明扬、情人、金苹果、凶杀，这几个词组合在一起，具有那么强大的卖点，报社怎么会放过这么好的新闻点呢？

很多记者不理会许明扬的控诉，借机提出要采访许明扬，让许明扬澄清事实的真相。

事实的真相，许明扬也不太清楚，他怎么澄清？越说越乱，不如不说。很多市民聚集在许明扬的别墅前，想看看他现在是什么心情、什么状态。电视上、报纸上、网络上天天在讨论这件事情，事情的核心最后都归到了“许明扬到底有没有金苹果？”这一点上。

许明扬烦躁至极，恨不得马上逃离这个城市。

G.再见绿衣

许明扬焦躁不安，正当他准备外出度假时，绿衣女子又出现了。

身材削瘦的她依旧裹在绿色的衣服里，像片孤零零的树叶。

那天，许明扬已经订好机票，赶到了机场。在机场入口处，许明扬看见了绿衣女子。许明扬气血直往上涌，他有些恐惧，但更多的还是愤怒。

他冲到绿衣女子的面前，问："你到底什么意思？这一切是不是都是你搞出来的？"

绿衣女子娇俏地笑着，语气却十分阴冷："许明扬，我早说过，我只要金苹果！是你不识抬举！"

许明扬倒吸一口冷气，看来对方把他调查得一清二楚，才会让他如此应接不暇。许明扬知道她不会轻易放过自己的，叹了一口气，默认了自己拥有"金苹果"的事实。

许明扬问绿衣女子："你一定知道金苹果的秘密！只要你放过我，并且把金苹果的秘密告诉我，我就把金苹果交给你！”

绿衣女子略一思忖，爽快答道：“好。一言为定！”

H.黄雀与蝉

就在带绿衣女子回别墅取“金苹果”的路上，许明扬发现有形迹可疑的人跟在他们后面，他让绿衣女子先走，约定第二天再来取。

绿衣女子迅速闪身，躲进了一条小街。

后面跟踪的人，和许明扬打个照面，低头说了几句话，迅速朝绿衣女子的方向跟了过去。

原来，许明扬所谓的逃离这个城市、出去度假，只是他设的一个局。许明扬不是那么容易认输的人，他要反败为胜。他假意装作离开，就是要把绿衣女子引出来。他想，绿衣女子煞费心机地陷害他，一定不会让他轻易脱困。只有他假装逃离，绿衣女子才会现身阻拦他。

至于是否能知道金苹果的秘密，许明扬已经不太看重。他不敢确信绿衣女子告诉他的都是实话，也许是她随意编造的另一个谎言。

去机场前，许明扬就安排了强大的人手跟踪自己，他觉得自己这个计中计真是完美无缺，一定可以把绿衣女子的幕后主使揪出来。到时候，不怕绿衣女子不说出金苹果的秘密。

1.谁是螳螂

许明扬躺在别墅里，正得意于自己的妙计。

时间一点一滴地过去，已经16个小时了，他派出去的人都还没有回来。许明扬心里暗暗着急，又不知道应该到哪里去寻。一直等到第二天凌晨，许明扬决定亲自出去察看一下。

在经过别墅的花园时，许明扬看见了手下人的尸体。他们身上都有一块类似霉斑的印记，像身体上开了一朵有毒的花，散发着妖异的气息。许明扬看得恶心，又很吃惊，剧烈地呕吐起来。

警察很快赶到现场，他们已经请到国外的一个生物学专家，对现场仔细勘查后，他们发现，死者都是中了产自南非的一种蛇毒。这种蛇对热源极其敏感，如果感受到了人或动物的体温，就会迅速主动进攻。很多女杀手，把这种蛇从小养到大，当作武器来使用。通常这种蛇的咬痕特别细微，像针尖一样，不易被发现。被咬后，人的心率依然平稳，但会深度昏迷，12小时后才会毒发身亡。

许明扬想，他们是什么时候死的？难道是刚开始跟踪就被绿衣女子全部击杀了吗？可现场没有打斗的痕迹啊？

许明扬觉得后怕，绿衣女子一定发现了他的居心。

J.崩溃的城

许明扬开始夜夜担惊受怕，他不知道自己哪一天就会莫名其妙地死亡。有时候，在梦里，他会看见一条绿色的蛇，缠绕着他，张开血盆大口就要把他吞下，醒来一身冷汗。

许明扬想，只要把金苹果放好，他们一天找不到金苹果，就不会轻举妄动伤害他。

这天晚上，许明扬太累，躲在地下室里看金苹果，以至于看着看着就睡了过去，地下室的门都忘了关。

…… ……

许明扬觉得身上很疼，睁开眼，是绿衣女子妖艳的笑。他被绳子绑了个严严实实，许明扬惊恐到了极点。绿衣女子手里拿着金苹果，她已经在这里守候了七天，终于给她逮到老虎打盹儿的机会。

绿衣女子从袖套里掏出绿色的小蛇，笑着对许明扬说："你想怎么死呢？"

许明扬满脸哀容，跪在地上求绿衣女子："你说过，我把金苹果交给你，你就放过我的。"

绿衣女子恶狠狠地说："我怎么会放过你？那都是骗你的，你不也一直在骗我吗？"

许明扬眼看求生无望，大声喊叫起来，期望有人可以听见能来救他。绿衣女子根本就不理睬他，任他乱吼。地下室的隔音很好，外面什么都听不见。

这时，外面又走进来了一个人。

许明扬吃惊地看着他："你没有死啊？老吴？"

"是啊，我没死。你很希望我死吗？你死了，我都不会死。"老吴笑得高深莫测。

许明扬突然意识到，老吴和绿衣女子是一伙的。

“许明扬，今天我就让你看看金苹果的秘密是什么。”绿衣女子按住金苹果上很隐蔽的三条纹路，金苹果居然打开了，那里面是几张情书，是写给许明扬的。

许明扬看了后，哈哈大笑，笑着笑着就哭了出来。一会儿，又大笑起来。笑了半个多小时，又低低呜呜地哭。

许明扬，疯了。

K.爱到零度

二十年前，花花公子许明扬爱上了一个叫如一的绿衣女人。如一特别喜欢吃苹果，那是爱情的水果，为此如一的父母就给如一打造了这个金苹果。

许明扬一直不知道这个金苹果就是如一的，因为如一把她写给许明扬的情书都放在了这个金苹果里，她不好意思让许明扬看见，所以把这个金苹果秘密收藏。

许明扬和如一结婚了。在女儿三岁时，他彻底霸占了如一家族的财产，然后在如一外出时，制造了一起车祸。如一死后，许明扬再没有结过婚，他说要为妻守节，其实，是他习惯了随心所欲的花花公子的生活。

许明扬爱上如一，本来就是一场骗局，如一却真的爱上了许明扬。

看着如一的凄凉下场，如一忠实的朋友、一直暗恋如一的老吴决定不惜一切代价为她复仇。在那个南方小镇，大家都知道，在如一死去的那年，她三岁的女儿也失了踪，丈夫不堪打击变卖家产举家北上。

为了抚养如一的女儿，老吴只好把如一收藏的金苹果暂时变卖，却没想到阴差阳错，卖到了许明扬的手上。后来，为了接近许明扬，老吴易容混进许明扬身边做了秘书。

许明扬爱如一，爱的却是她的钱和她的色；老吴爱如一，爱的是如一的心。一个为财弃爱，一个为爱忍辱。

那天，老吴并没有死，那是他和绿衣女子一起设的局，就是为了让许明扬心生恐惧，再身败名裂。老吴只是装死，后来是绿衣女子把他从太平间里偷了出去。

所有那些报纸的图片和资料，所有的诡异，都是老吴和绿衣女子一手所为。

每个人都有自己的信仰，有的是为财，有的是为名，也有的为权，也有的为色，而以爱作为信仰的，寥寥无几。

许明扬以为自己有了钱，有了一个神秘的“金苹果”，就可以保自己一生富贵，没想到那金苹果里什么都没有，只是几封情书。他守了那么多年，却迎来另外一场骗局，不知道是谁欺骗了谁，谁又没有骗谁。

金苹果不再有了，那些爱的仇恨，终于尘埃落定。

许明扬进了疯人院。老吴到公安局自首，承担了所有的罪责。只有绿衣女子，黯然神伤地远离了这个充满了仇恨的地方。

绿衣女子姓许，名叫苹果。

许明扬看到如一的情书里写着：爱是上帝对人类的褒奖，恨是上帝对人类的惩罚。我希望自己只有爱，不要有恨，那样才会觉得快乐。如果女儿长大，我希望她改名叫苹果，像苹果一样健康、甜美，有一段没有悔恨的人生。

CHAPTER 13

爱情请闭眼

A.

早晨，紫丹听文远说，罗米要来。罗米是文远的弟弟，和紫丹同岁。紫丹见过罗米一次，还是在她和文远的婚礼上。紫丹的心突突地跳，她记得结婚那天，外面的宾客喧嚣异常，敬酒时她喝多了酒，躲在洗手间里呕吐。一块干净的湿巾递了过来，是罗米。罗米自嘲地说，可惜你嫁给了我哥哥。

罗米是一个摄影师，他喜欢到处流浪。他留着扎人的胡须，像他的眼神一样冷硬。30岁的男人，还没有自己稳定的事业，把生命当作一场行为艺术。成功商人身份的文远是看不起罗米的。

罗米也不喜欢文远的世俗之气，看不起他为了赚钱不择手段。看着文远的锦衣玉食、豪宅宝马，罗米的目光中充满轻蔑。很多人不知道文远还有一个这样的弟弟，他们以为罗米只是文远家的一个帮工。

文远下班回来，看见卧室里多了一幅摄影作品。紫丹告诉他，这是罗米的最新作品。在繁华的巴黎街头，一个女人半裸的侧影。

这幅作品是紫丹花了3000元钱从罗米手里买下来的。罗米行走在世界各地，他需要很多钱，但他不接受文远的施舍。紫丹有时候会给罗米汇钱过去，都被罗米退了回来。他只出售他的作品给懂得欣赏的人。

连续几天，文远没有和罗米照面。文远很忙，早出晚归，夜不归宿也属平常。他们的作息时间刚好相错，罗米也懒得见他这个哥哥。

紫丹斜倚在沙发里，蜷缩如猫，和罗米有一搭没一搭地说话。紫丹纳闷，为何同样的基因，结出的“果子”却如此迥异。文远理智务实，相貌平平，不解风情；罗米却生得俊朗高大，极度感性，是女人都会对他浮想联翩。

B.

紫丹喜欢着罗米，不只因为他是文远的弟弟。所以，罗米要求她充当他的摄影模特时，紫丹没有拒绝。

紫丹是罗米见过的最有女人味的女人。她穿着文远不喜欢的覆盖面积太少的连衣裙，要跳入月光下的游泳池，在那一瞬间，罗米把她定格。

月光下的罗米，有些痴迷。

在很早以前，罗米就见过紫丹，只是那时，紫丹没有注意到他。紫丹挽着文远的手臂，从马路对面走过。那时，罗米在做一个“城市天使”的摄影主题，他每天都守候在街头，捕捉风景，寻找灵感。紫丹无意间闯入他的镜头。

三天后，照片冲洗出来。紫丹来罗米的房间看照片。罗米的门没有关，他在浴室里冲澡。缝隙间，紫丹看见罗米健美得似乎在闪光的身材，晃晕了她的眼睛。紫丹呼吸急促，匆忙跑了出去。

紫丹有些忐忑不安。夜里她做梦，居然会梦到罗米的身体，和她纠缠在一起。潮起潮落，她喊出了罗米的名字。

C.

紫丹开始逃避罗米。她怕看见罗米的身体，怕看见罗米注视她时热烈的眼神。那眼神里的意思，她懂。

紫丹试图让自己相信，自己是爱文远的。当初，他们的结合，很多人说是“郎才女貌”，男人有钱有款，女人有貌有德，这是现代社会最标准的金玉良缘。罗米，充其量是一个流浪艺术家，怎能承担都市公主的物质爱情？

文远回来时，紫丹愈加温柔地相迎。晚间，紫丹激烈地纠缠文远的身体，文远沉重的喘息和身体的暧昧混合在一起。可是，闪过紫丹大脑的画面，还是罗米的脸。

罗米把照片给紫丹。紫丹冷漠地接过。在接照片时，罗米趁机抓住了紫丹的手。紫丹试图挣扎，越挣越紧，被罗米拉到了怀里。

罗米身上强烈的男性气息袭击着紫丹，她有些眩晕。罗米不允许紫丹再躲避自己，他柔软的唇强行吻了上去。上帝闭上了眼睛。

D.

紫丹不再像从前那样，盼望着文远及早回家。文远的回来，反而成了紫丹的困扰。

她越来越迷恋罗米的身体。罗米环抱着紫丹，吻她的耳唇。紫丹害怕这种感觉，罗米随时会离开，继续去艺术流浪。但这样继续下去，也不是长久之计。

“我们结婚吧。”罗米在紫丹脸颊边哈着气。

紫丹震了一震，她不是没考虑过，但怎么和文远交代，怎么和伦理道德交代？哥哥的女人和哥哥离婚后，转嫁弟弟，这么惊天骇俗的事情，紫丹做不出来。

看着紫丹的犹豫，罗米有些生气。紫丹看出罗米的不悦，她说，从长计议。

E.

紫丹是真的爱上了罗米。如果说她和文远的爱情是出于物质原因，她和罗米的爱情则是彻头彻尾的灵肉结合。女人一旦爱上一个人，就会变得疯狂。她不再去想罗米流浪艺术家的事情，也不再去想罗米是文远的弟弟。

紫丹决定和文远摊牌。

和想象中一样，文远气急败坏，给了紫丹一巴掌。紫丹冷冷地笑："够了，你给我一巴掌，我们已经两清了。"文远气狠狠地扼住罗米的脖子，要杀了他。

罗米抓住文远的手，不急不恼，把文远甩了开去。罗米一脸蔑视："是你没本事留住紫丹，不要怪我。"

文远气势汹汹，想从地上爬起来再冲过来。紫丹心一横，从抽屉里拿出一沓照片扔在文远身上。文远看到那些照片，张扬跋扈的脸一下子蔫了下来。

那些照片上，文远和别的女子在一起亲密。文远说他忙，夜不归宿，其实很多时候，都是在和别的女人幽会。紫丹从来就知道这些，她只是没有点出来。很早以前，就有人给了紫丹这些照片。

文远沉默了一下："你走吧，罗米，我不会和紫丹离婚的。"

文远丢不起这人，他宁愿要表面的家庭幸福，也不愿让别人对他说三道四。

罗米冷哼一声，去收拾行装。

F.

罗米走后第二天，紫丹也不见了。

文远有些着急。罗米走后，紫丹和他争执了一夜，还是坚持要和他离婚。接着，她就失踪了。

文远给罗米打电话，可紫丹并没有和他在一起。罗米也开始四处寻找紫丹。

走在城市的小街上，紫丹充满迷惘。她和文远已经没有感情可言，罗米把她拉入情网，又一声不吭地一走了之。她不知道，罗米是否真的爱她。无论如何，罗米都不应该就这么走了。

紫丹在郊区租了一处房屋，那里人烟稀少，不会有人认识她。当初信誓旦旦地要离婚，真正说出口后，她发现，事情似乎又变成了另一个样子。她每天都在关注着电视里报纸上的新闻，她想，谁第一个找到她，她就跟谁走。让天意决定吧。

紫丹暗暗地盼着罗米第一个找到她，那样，她就可以不违背自己的心。

她没想到，第一个找到她的是文远。那天，紫丹去超市买东西，突然晕倒，恰好被文远公司的一个职员看见。在医院里，医生告诉紫丹，她怀孕了。

文远要接紫丹回去，她固执地拒绝。紫丹知道，文远一定不会让她生下这个孩子。可这是罗米的孩子，紫丹爱罗米，她想生下来。

罗米通过文远知道了紫丹的住处，他找到紫丹，想让紫丹把这个孩子打掉。罗米还要流浪，他现在还没准备好要做一个父亲。紫丹苦涩地笑。

不管是哪种爱情，男人都靠不住。看来，和罗米也无法结婚了。可是，当初，为何罗米要向她求婚呢？紫丹不明白。

三天后，快递员送来一封快递。文远在信中说，他想明白了，他愿意做孩子的父亲，如果紫丹愿意，就用刚刚快递给她的手机拨打1。

G.

紫丹回到了家里。作为交换条件，罗米离开了这个城市，再也不能与紫丹相见。

在遥远的城市，罗米哀伤又难过。罗米和文远是同父异母的兄弟，罗米的母亲是文远父亲的情人，在罗米小时候，母亲就因车祸去世了。据说，那是一场阴谋，是文远的母亲指使的，她担心家族的财产落在罗米的手里。罗米被当作一个寄生虫寄养在乡下，甚至很多人都不知道文远还有一个弟弟。

从小到大，罗米都被亲戚排斥，说他哪儿都比不上文远。在文远母亲的努力下，文远终于继承了整个家族的产业。罗米不甘心，他并不在乎钱，他想讨回他的尊严。

这些事情，文远从来没和紫丹提过。家丑，不可外扬。

罗米知道文远在外面的花心韵事，他故意找人拍了相片传给紫丹，但紫丹一直隐忍，没有挑明。其实，文远还是爱紫丹的，他再怎么花心，也不想和紫丹离婚。花心是男人的一种常态表现，可再花心的蝴蝶，最终还是要飞回家。

罗米知道紫丹的寂寞，他用自己的男色勾引紫丹上了床，诱逼紫丹和文远离婚。他只是想证明，自己有能力从文远那里夺走他心爱的东西，让他痛苦。紫丹只是罗米的棋子，可在游戏的过程中，罗米却真的爱上了紫丹。只是，他无法给她一个美好的将来。

报复，并没有给罗米带来快乐，反而让他感到深深的失落。他能控制事件的开局，却不能控制事态的发展。

很久以后，罗米收到文远发来的一封电子邮件，是他们的全家福，其乐融融。一个很可爱的小男孩，在冲着他笑。罗米新交的女友问："这是谁？"罗米说："是哥哥和嫂子的小孩。"他的脸平静而深沉。

正向的爱情，让人变得更加完美；非正向的爱情，成为一种内心的折磨。事情中止了，就像石子落入水面，一个涟漪过后，再次风平浪静。

CHAPTER 14

爱情傀儡

见面不到五分钟，她就答应了他的求婚，三个月后，她选择离婚。离婚后她又发现了他的好，复婚。分分合合的背后，原来他——

A.见面还不到五分钟，姜汤对绿罗说，我们结婚吧

中午，绿罗见到了姜汤。死党说，姜汤绝对是你喜欢的那种男人。

绿罗想，只要他懂得怜香惜玉，我就嫁给他。在这之前，绿罗谈过一次三年的恋爱，真正是折磨人心，欲罢不能。都说狮子座和天秤座，是天生的冤家。不论绿罗怎样要

求雄亚，他的大男子主义还是那么强烈，怎么就那么都不公平呢？绿罗觉得很委屈，谁让她是那个倒霉的天秤呢。

绿罗不能在这无望的爱情里等死，她不给雄亚任何解释机会，一脚踢了那只小狮子。都说爱情里，爱上对方，就会为其倾其所有，雄亚爱的只是他自己。

绿罗看到姜汤，愣了一下。她没想到，世界上还有这么温柔好看的男人。有些男人的温柔，你一眼就可以看出来。姜汤温文尔雅地笑着，替绿罗把椅子挪开。

就是这样一个小动作，让绿罗有些心动。雄亚从来没有给绿罗挪过椅子，每次都是自顾自地坐在那里，不管绿罗站在那里的悲凉感受。一个男人冷漠到连帮你挪把椅子的心都没有，谈何白首到老？

见面还不到五分钟，姜汤对绿罗说：“我们结婚吧。”

绿罗有些吃惊，虽然她对姜汤有好感，但结婚还是太快了一些。想想分手时雄亚气焰嚣张的样子，绿罗就有些悲愤。雄亚说：“分吧，看你还怎么嫁得出去。”

是啊，从二十五岁那年认识雄亚，整整三年的恋爱瞬间灰飞烟灭，二十八岁的年纪，对女孩来说，确实是老了，花朵已经等不及地要开始在青春里凋谢。在青春彻底消逝之前，她一定要找到一张王牌。不管是为了自己的终身劳保，还是为了胸中的一口闷气。

她默想片刻后，点头答应了姜汤的请求，跟他结婚。

做完这个决定的绿罗，有些悲哀地看着窗外的藤萝，只见风吹过后，花蒂簌簌地落下。这个时候，已容不得她考虑爱与不爱。

B.结婚才三个月，绿罗就要和姜汤离婚

婚后的生活，绿罗并没有感受到新婚的甜蜜。相反，她反而还有一些急躁。没有经过恋爱，就突然和姜汤跑入婚姻的围城，她很不适应。一切都与自己的习惯格格不入。

姜汤是巨蟹座的男人，特别恋家，喜欢待在家里，足不出户就可以享受一天的时光，绿罗则喜欢跑出去，不管购不购物，她都喜欢把商场给逛一遍；姜汤喜欢把家里收拾得井井有条，所有的物件摆放得格外整齐，绿罗则很随意，把自己的衣服、图书、碟片扔得到处都是；姜汤喜欢清淡营养

又很规律的饮食，绿罗则时常喜欢吃点小吃，比如米线、麻辣烫、泡面，能省事则省事。

为此，绿罗经常和姜汤起争执。姜汤不作争辩，只当作耳边风，依旧沉默着做自己的事，把绿罗弄零乱的衣服收拾得规整一些。口舌上占上风的绿罗，见状更加纳闷，难道巨蟹座的人都是这个样子？温柔得没有脾气？

和死党讨论姜汤的没有个性，绿罗真后悔仓促决定跟他结婚。

姜汤就像一只温顺的蜗牛，总是安静地待在壳里，慢吞吞地做事，无论绿罗怎么触怒他，他都一笑置之。有时还像妈妈似的，不停地叮嘱绿罗要少吃辣椒，少吃零食，多吃一些水果蔬菜。

可绿罗是多么想自由地飞啊，不要把衣服放那么整齐，可以随便地吃东西。绿罗实在无法忍受下去，天秤座的人就是这样，感情来时，她会毫无顾忌地扑上去，感情去时，她也毫不留恋地选择拜拜。

结婚才三个月，绿罗就要和姜汤离婚。死党说绿罗要疯了，哪有她这么做事的。

姜汤说："好。"绿罗诧异姜汤的反应，她以为姜汤会和雄亚一样，大闹一场，纠缠到底，死不罢休。姜汤的平静让绿罗有些失落，难道，这就是巨蟹和狮子的不同？一个是平静隐忍，一个是激动吵闹。绿罗有些说不出的难过，她甚至怀疑，姜汤从没有爱过她，他对她的感情，甚至还不及她爱他的那一点点。

离婚本来只是绿罗生气不安的一句试探，结果却弄假成真，绿罗心里瞬间就跟打翻了五味瓶一样，酸甜苦辣咸让她一句话都说不出。

C.他们相处得像陌生人一样，恪守本分，井水不犯河水

姜汤把房子留给了绿罗。绿罗有些于心不忍，因为姜汤也没有地方住。

绿罗说，姜汤可以暂时寄居在这里，在她找到新男友或他找到新女友后，再搬离。

绿罗终于觉得自己自由了一些，下班可以晚归，东西可以乱扔，不用想着怎么吃饭，随意地在街上吃一点小吃。

晚上回来时，她看见姜汤的屋子还亮着灯，她就提脚走过去看看他在干什么，到门口时，她才想起，他们已经离婚了。

绿罗举在半空的手，垂了下来。

姜汤听到声响，从屋里走出来，看了她一眼，说：“回来了，吃饭没有？”

绿罗看见餐厅桌上摆着一锅鸡汤，用保温罩罩着。袅袅的香气从罩底的缝隙跑出来，诱惑着绿罗。绿罗咽了咽口水，哼了一声，就进了自己的卧室。

绿罗讨厌姜汤的关心体贴，她觉得自己有负罪感。姜汤一如既往地收拾着绿罗乱扔的东西，只是不再过问她的私事，不再勉强她这样或那样。绿罗有时候找不到自己的东西，忘记扔哪了，就找姜汤。

每次，姜汤帮了她的小忙，绿罗都会很客气地说：“谢谢。”

他们相处得像陌生人一样，恪守本分，井水不犯河水。

D.钟少阳搂着绿罗，你可愿意做我的情人

绿罗开始一个接一个地见男人，天秤座是天生的命犯桃花，无法忍耐感情的寂寞。不管怎样寂寞，最终的归宿，仍然是结婚。在声色场上，多的是情欲，哪里有什么真心。

绿罗没想到会在酒吧里遇见钟少阳。六年未见，钟少阳已经从懵懂无知的穷学生蜕变为翩翩君子，成为了一家著名企业的副总。曾经，钟少阳是绿罗的大学恋人。

绿罗以为可以和钟少阳一起走到底的，毕业时，钟少阳却变了心，和一个女孩去了南方。伤心的绿罗只好灰溜溜地回了北方，她深深叹息，钟少阳的箭一向射得很准，射手座的他一向目标明确，审时度势。

这次，钟少阳是到这个城市考察市场，他也没料到会遇见绿罗。

钟少阳搂着绿罗，“你可愿意做我的情人？”

绿罗从来没这么觉得恶心过。钟少阳说，他已经亏欠了绿罗很多，他愿意用钱来补偿，只要绿罗愿意和他在

一起。

“多少钱？一千万？你有吗？”绿罗冷笑。

“你以为你是谁？你现在不过是个离婚的女人。”钟少阳见她如此不识好歹，脸上已经显露出极度不满，犹豫了一下，便掏出支票本，说：“如果你愿意，我可以先给你一百万。”绿罗又冷笑了一下。她已经不是纯情少女，说什么爱情无价，都是屁话。绿罗接过支票单，仔仔细细地看了一遍，一声不吭，就把支票撕了个粉碎，两行眼泪瞬间就流了下来。

钟少阳目瞪口呆地看着她，仿佛不认识站在眼前的这个女子。爱情是多么道貌岸然的一件事，这些朝三暮四的男人，都扯着爱情的旗帜，名正言顺地寻欢，走在情欲的平衡木上。刚刚经历过一场短暂婚姻的绿罗，早已明白了这个道理。

“我们已经两清了。”绿罗对自己，也是对钟少阳说。她从来没有觉得自己这么孤单过，没有一个男人值得依靠。他们就像一场烟花，开得绚丽，华而不实，落在她满是灰烬的心上。她现在才明白，风花雪月要有，现实安稳也要有。中国人习惯见人问一句“吃了吗？”古人云“民以食为天”，可见柴米油盐的重要性，所以才有了“食色性也”，才有了“臭味相投”，由此可见，爱情的关系，不过就是你们的“味道”一致。而姜汤是和她“味道”一致的。

E.虽然巨蟹座的男人婆妈了一些，但其实还蛮可爱

绿罗回到家时，姜汤已经温好了汤。她仔细地看了一眼姜汤，虽然巨蟹座的男人婆妈了一些，但其实还蛮可爱。

绿罗讷讷地对姜汤说：“我想喝点汤。”姜汤闻言，满脸欣喜，赶紧去盛汤。这是绿罗第一次主动向他要汤喝。姜汤看着绿罗把汤喝完，又要去盛，绿罗摆摆手，回屋沉沉睡去。

绿罗开始变得温柔起来，不再对姜汤凶巴巴。她不再把东西随便乱扔，因为她发现把东西规整地放到固定的位置后，房间宽敞了很多，也能一下子就找到自己需要的东西；绿罗还发现，街上的小吃实在没营养，老让她闹胃疼，姜汤的手艺确实不错，她已经习惯并且喜欢上了吃他烧的饭菜。绿罗不再整天整天地往外跑，虽然她和姜汤的话还是不多，但两个人，各自拿着一本书，斜倚在沙发上，慵懒地看书，耳边是碟片里传来的轻音乐，这种温馨，让人瞬间变得如水

一般清亮柔和。这是绿罗从前从来没体验过的。她心想，其实，巨蟹座的生活方式也很不错。

绿罗心里有些忐忑，她知道自己从前的行为不对。她不知道姜汤是否还会原谅她，天秤座的人自尊心都很强，她怎么好意思先低头认错呢。看姜汤每天按部就班地忙碌，有时很晚才回来，她猜不透巨蟹神秘的心思。

F.他情愿挺身而出，抢先一步得到丈夫的名分

周末加班，绿罗忘记带钥匙，给姜汤打电话。接电话的是个柔软的女声，问：“请问你找谁？”绿罗的头一下子蒙了，“让姜汤接电话，你是谁？”

“我是姜汤的女朋友。”

“女朋友？”绿罗才想起，她已经和姜汤离婚了。好呀，姜汤，虽然我不能干涉你的恋爱自由，我好心好意借你暂住，你也不能把我家当成公共旅馆吧？

姜汤听出绿罗的愠怒，赶紧让那女孩离开。绿罗赶回家时，家里已经收拾得很干净，没有任何痕迹。桌上摆放了一束红色的玫瑰花。

绿罗内心翻江倒海，她想，是应该和姜汤好好谈谈了。绿罗没有忘记当初的约定，她想说："如果你找到了女友，就搬走吧。"还没来得及开口，姜汤就说："我们复婚吧！"

绿罗又是意外，又是惊喜，眼泪瞬间掉了下来。她委屈地偎在姜汤怀里，醋意十足地问："那刚才那个女孩是谁？"姜汤说："那是我一个同事，她喜欢我很久了，但我和她真的没什么。"绿罗相信巨蟹座的专一。

"我也有个秘密要告诉你。"姜汤拥紧了绿罗。

很久以前，姜汤就喜欢上了绿罗，但绿罗从来不记得，在去死党家的路上，她曾和姜汤打过照面，擦肩而过。姜汤从绿罗死党那里听说了很多绿罗的事情，他为她感到心疼。在知道绿罗和雄亚分手后，他情愿挺身而出，做了爱情的傀儡替身。他知道绿罗不爱他，但他爱她，这就足够了。如果离婚可以使绿罗快乐，他愿意给她时间让她重新爱上自己，所以，他不阻拦。还有一个秘密是，姜汤有自己的另一套房子，但为了留在绿罗身边，他说了谎。

姜汤觉得，爱就是用自己小小的蜗牛壳，装满爱的柔软，一步一步地走向命定的恋人。

C H A P T E R 1 5

心碎江南梦

A.

紫蘅第一次见晖君是在晖君的家里，简约明亮的装饰，阳台摆满了兰草，背景音乐是紫蘅喜欢的歌手——林俊杰的《江南》，正唱到“不懂爱恨情愁煎熬的我们，都以为相爱就像风云的善变……”晖君在厨房里烧菜，紫蘅无聊地在客厅走来走去。她是不喜欢晖君的，他那么其貌不扬，还是一个远方亲戚介绍的，无奈老妈非逼着她来相亲，地点居然还是在人家的家里。

晖君朝紫蘅笑笑，殷勤地为她夹菜。那笑很灿烂，像晖君的名字，充满阳光，有着火一样的热量。而紫蘅是一株植物，是长在水的温柔里的。紫蘅与晖君言谈索然，晖君努力寻找话题，紫蘅只是浅浅地微笑，相对寡语，只是吃菜。从相见时，紫蘅和晖君就明白，他们不合适。这一切，都只是为了完成相亲的任务。

紫蘅从晖君家离开时，已是明月初上。

紫蘅微然叹息，又一个小时过去了。

如果没有那把钥匙，如果没有那场爱恋，一切历史都将改写。

怎么都找不着自己的钥匙，难道又丢了？紫蘅已经习惯了自己丢东西的毛病，丢掉的同样包括那些支离破碎的片段，那些青春的灿烂年华。紫蘅独立在家门口，无限惆怅。想打电话问问晖君，又觉得时间太晚，实在不好意思。算了，还是打电话到朋友家去凑合一夜吧。

正在这时，晖君突然打电话过来："是紫蘅吗？你的钥匙忘在我这里了。""哦，我正在家门口找钥匙呢。"紫蘅不好意思地说。"要不，我帮你送过去吧，你告诉我地址。"晖君直接命令道。紫蘅犹豫了一下，把地址告诉了他。

晖君到这里时，已是明月高悬。紫蘅接过钥匙打开门，和晖君一起走进自己的小家。干净整洁的房间，弥漫着一股淡淡的香气，有点像紫色薰衣草的香味。晖君心神不安地望向紫蘅，蓦然有一种心动。紫蘅感觉到莫名地热起来，脸红若桃花，紧张得手足无措。晖君讷讷地说："要不，我先回去吧。"紫蘅松了一口气："那好吧，我送送你。"

B.

阳光灿烂得有些刺目，在阳光的温暖里才有爱的温度吗？紫蘅是一个孤独的天蝎女子，渴望爱，惧怕爱，身心俱碎。从前的爱情，都开始得轰轰烈烈，而结束时又是那么无声无息。紫蘅懒懒地赖在床榻，闲翻书卷，其实半个字也没看进去。

独自在陌生的城市打拼，奔波劳碌，紫蘅没有吃早餐的习惯。胃疼又犯了，紫蘅找出几片药，不管用，今天胃是那样出奇地难受。记得朋友问她，你想嫁一个什么样的男人？她说，如果有一个男人肯为我做早餐，我就嫁给他。

紫蘅正呆呆乱想，电话响起，她懒懒地接起电话：

“哪位？”“是我。晖君。”一个暖暖的声音传来。“哦。”紫蘅呆了一呆，懒懒应答。“你怎么了？”晖君听出了紫蘅的异常。“没什么的。”紫蘅习惯性地拒绝陌生人的关心。晖君感觉到了紫蘅的排斥，焦急地说：“你是不是生病了？我陪你一起去医院看看吧。你等我！”紫蘅正想说什么，晖君已经挂了电话。

紫蘅叹息一声，现在居然需要一个陌生人来关心自己？其实紫蘅不知道，自从上次晖君回去后，他一直忘不了紫蘅屋里那种淡淡的香气，让人心神沉醉。紫蘅手足无措、两颊红若桃花的神情，有种奇异的美。可是，紫蘅一直没有打电话来。

在医院，晖君一路陪着紫蘅挂号、问诊、取药、办手续。在候诊室时，一个也来看病的小男孩，使劲盯着紫蘅看：“姐姐，你真好看。他是你哥哥吗？他对你真好！”紫蘅脸色微红，想解释，却又尴尬得无法开口。晖君笑笑，轻轻握住紫蘅软凉的手指。

从医院回来后，紫蘅和晖君住到了一起。一切，好像太突然，又是那么顺其自然。晖君目光热烈地对紫蘅说：

“我再也不容许你这样虐待自己了。一定要吃早餐，好吗？”只因为那么让人感动的一句话，只因为那个像火一样热烈而深情的眼神，紫蘅认了。尽管，她并不爱他。但她说过，如果有一个男人肯为她做早餐，她就嫁给他。

C.

“突然之间，我们相遇，爱是我们曾经的名字。”不知在哪里看到的这句话，紫蘅喜欢细细品读。有人爱的日子是幸福的，而幸福，曾经距离那么远。

每天早晨，晖君会为紫蘅做好早餐或买好早点，然后再去上班。傍晚下班时，紫蘅会早早回来做好晚餐，等候晖君归家。晚餐后，他们会一起出去散散步、相拥着看电视，或者各自忙各自的事情，间或给对方一个甜蜜的笑脸或轻吻。那些日子是美丽的。紫蘅开始觉得自己是幸福的人。

在习惯了晖君的爱后，紫蘅微微觉得有一些遗憾。总有一些什么是隔在他们中间的，无法逾越。晖君总是觉得紫蘅不能够让人放心，觉得她不会照顾自己，还是个孩子。晖君像照顾孩子一样爱着紫蘅，她应该穿什么衣服，她应该吃什么或不吃什么，她应该怎么处理人际关系与工作……事无巨细，晖君都要插手。他们的观念是那么的不同。紫蘅已经习惯了独立，她是一株长在城市的植物。紫蘅觉得植物的心要爆裂了，她一直困惑，晖君是把她当成脆弱的需要长大的孩子，还是可以平等相爱的爱人？

有时候，过多的爱也会成为一种负担。紫蘅发现，他始终还是不懂她的。

D.

遇见黎波是在紫蘅的工作年会上。儒雅沉稳、温和细腻的黎波紧紧地盯着紫蘅：“我好像在哪里见过你。”紫蘅也有一种似曾相识的感觉，想想，没有头绪。“也许是在某个工作会议或商厦街头吧。”他们相视而笑。

黎波开始频频约会紫蘅。紫蘅是那种不起眼的女孩，第一眼看去没什么特别，第二眼看去就会发现她身上有忧郁和阳光的混合气质。紫蘅开始喜欢上了这种约会，黎波的温和体贴、善解人意、宽容豁达，让她觉得很放松，不像和晖君在一起时，老担心犯错，害怕受到责怪。

黎波是温柔的水，把紫蘅暖暖地养在心里。而紫蘅，本来就是一株植物。

紫蘅有时候会很难过，觉得自己不应该这样。晖君觉察出紫蘅和他在一起时的心不在焉，开始敏感和多疑，每每问起，紫蘅都否认了。但她明知，她管不住自己受压抑的心，植物需要养分。

有一天，在咖啡厅，晖君终于看见了他们。那时，紫蘅的手正握在黎波的掌间，十指缠绵。晖君气极反笑："恭喜你们！"说完扬长而去。紫蘅呆呆地不知道应该怎么办，她知道晖君是一个很极端的人，要不要去追？黎波尴尬地安慰紫蘅："你去和他说清楚吧，都是早晚的事情。"说完，用一种期盼的目光看着紫蘅。紫蘅"嗯"了一声，叹息一声。

紫蘅回到家里时，房子里空空如也。晖君不在。他去了哪里呢？现在，紫蘅也不明白自己究竟是爱谁的。她给晖君打电话，没有人接。紫蘅失魂落魄地坐在床榻，失去了自己的方向。黎波打电话过来："你没事吧？要不要我过去陪你？"紫蘅此时有点恼自己，也有点恼黎波，她一口回绝：

“不需要。你以后不要再理我了。”说完“啪”地把电话挂了，而那边还传来“喂，喂……”的声音。

三天过去了，一直没有晖君的消息。再打晖君的电话，全是无法接通的声音。找他的家里人，也不知道他的去向。紫蘅珠泪欲落，她想起了晖君陪她一起在医院时的样子，他们在一起生活的细节，想起他们刚相爱时，晖君送给她林俊杰《江南》的唱片。她一遍又一遍地放着：“不懂爱恨情愁煎熬的我们/都以为相爱就像风云的善变/相信爱一天/抵过永远/在这一刹那冻结了时间/不懂怎么表现温柔的我们/还以为殉情只是古老的传言/离愁能有多痛/痛有多浓/当梦被埋在江南烟雨中/心碎了才懂……”现在，她才发现，她是那么地爱晖君，他对她的管制都是因为爱。而这爱，已经在不知不觉中成为习惯。

E.

两年过去，紫蘅给晖君打了无数个电话，直到他的手机停机。但紫蘅还抱着希望，希望可以找到他。很多时候，爱迷失了，就再难寻回。

紫蘅想起自己还欠着晖君一件棉布衬衣。记得那时月好圆，花正开，紫蘅说等她换了工作，第一个月的工资就给晖君买件棉布衬衣。晖君爱穿棉布衬衣，尤其喜欢黑色的，有种神秘而深沉的温暖。

紫蘅开始恨起晖君，晖君用他火一样的热情点燃起紫蘅的爱，用火一样的爱炙烤着她。当她明白的时候，已经火成灰烬。终究，植物还是需要养在水里的。

黎波给紫蘅打电话，说是在某个商场看见了晖君。紫蘅一阵欣喜，继而莫名酸涩，她终于可以找到他了。黎波说，他看见晖君身边还有一个女孩子，他们很亲密的样子。紫蘅愣了一下，眼泪滴在了唱片上。

紫蘅还是决定见一下晖君。

还是那家咖啡厅，还是那个位置，只是物是人非，心境已不同。没有人知道紫蘅和晖君交谈了什么，只远远地看到一对男女的身影，在烛光的一晃一动中，明灭模糊起来……从咖啡厅出来时，晖君眼睛红肿红肿的，紫蘅独倚门栏，怆然而笑。

她懂他的心，他们没能在一起，没能一起创造幸福，但是，他们还是希望彼此幸福的啊。这幸福，是为了让他们的分开值得，让分开的人都心存安慰。

晖君抬手拦出租车，车里传来《江南》的音乐，“你在身边就是缘/缘分写在三生石上面……”晖君突然想起紫蘅说过，她是喜欢唱歌的。此刻，歌声刚刚开始。可惜，他们的缘分，他们的相遇，都不是在最好的时候。

很多时候，爱情就是：在对的时间，遇见对的人，是一生幸福；在对的时间，遇见错的人，是一场心伤；在错的时间，遇见错的人，是一段荒唐；在错的时间，遇见对的人，是一阵叹息。其实有些事情，真的是没得到的时候，最珍贵、最美丽。

C H A P T E R 1 6

染指寂寞，别说你爱我

A.

凡是见过苏桃的人，都会喜欢上苏桃。她的妖冶，她的张扬，她落寞的笑，足以让男人动心。苏桃不相信爱情，在她经历了那场轰轰烈烈的恋爱后。所以，她有点玩世不恭，她成了一个钓鱼者。

她身边围绕着很多男人，她明白他们的心思，她笑着和他们打趣，心里在骂他们真是一群色狼。苏桃和他们保持着若即若离的关系，既不亲密到床上，也不会疏远到让他们失去兴趣。苏桃说，男人就像馋嘴的狗，总想偷腥，女人像是那块肉，距离近了，很容易被它们扑上，一口吞下，来不及品味你的味道。距离远了，它们追着追着就失去了兴趣。只有若即若离，给它们一些永远无法靠近、却又近在咫尺的希望，它们才会继续追逐下去。

偶尔，苏桃也会和陌生的男人在外过夜。但对于男人，苏桃很挑剔。她喜欢干净爽朗的男子。懂得温柔地对待女人、怜香惜玉，是她挑选男人的第一准则。

苏桃喜欢在欢爱之后抽烟。淡淡的烟圈，缭绕着她的寂寞。人都是寂寞的动物，因为寂寞产生爱，但寂寞绝对不是真爱。在寂寞的夜，躺在陌生人的身边，情欲尚未褪尽，抽一根烟也能暂时抚慰寂寞。

蒙迈是苏桃见的第三个陌生男人。

那天，已经晚上十点，蒙迈给苏桃打电话说，就在苏桃家楼下。苏桃觉得诧异，蒙迈是谁？谁是蒙迈？他从哪里得知她的电话？

蒙迈说："你忘记了，在上次公司年会上，我见过你一次。"

苏桃记得那次公司年会，却不记得见过他这个人。苏桃犹豫了半天，不愿下楼。蒙迈说："苏桃，我喜欢你，我们见见吧。”苏桃不为所动。蒙迈又激了一句，“你是不是怕了？”苏桃有些生气，谁怕谁啊？

B.

和蒙迈见面的当晚，苏桃就去了蒙迈的家里。在苏桃看见靠在摩托车上的蒙迈干净爽朗的笑时，苏桃有点动心，她不反感这个男人。蒙迈说：“我带你，我们一起转转吧。”

在路上，蒙迈问苏桃：“你喜欢我吗？”这不是第一次有人问苏桃这样的问题。苏桃心里暗笑，男人都喜欢问这么笨的问题吗？苏桃知道蒙迈想听什么，她说：“不讨厌。”

晚上自然而然地回了蒙迈的家，他们很快纠缠在一起，蒙迈健硕的身体让苏桃很欢喜。蒙迈细细地看着苏桃，近乎痴迷地说：“你不知道你很美吗？”苏桃知道自己的能量，她故意装傻：“我不知道啊。”聪明如她，知道男人都不喜欢自以为是、恃美傲物的女人，那样的女子显得愚笨肤浅。她故意装得低调。

苏桃能感觉到蒙迈喜欢上了她。可是，苏桃确定自己没有见过蒙迈，而蒙迈却能数得出苏桃的所有兴趣和爱好。

蒙迈说这是缘分。苏桃早已不相信爱情，更不信缘分，她觉得，爱情都是荷尔蒙在作怪。她看见蒙迈的住处留有其他女人的生活用品，和她常用的是一样的牌子。苏桃知道，天一亮，蒙迈和她会重新变成互相的陌生人，桥归桥，路归路，各自作鸟兽散。

苏桃睡得很沉，很香。她不知道，蒙迈一夜无眠，搂着她看了她一夜。

C.

苏桃喜欢过一个和蒙迈很相像的男人，爱了两年，那个男人轻飘飘的一句累了，就断了两年的情深欢好。即使后来过了很久，苏桃还在恨他。她是个情感深沉的女子，曾经爱他多深，后来就恨他多深。

她之前见过的两个陌生男子，一个是在酒吧遇见，一个是在机场遇见，他们都和蒙迈有着共同的特质。苏桃忘不掉那个男人，他们都是那个男人的影子。如果说，与那些和他相像的男人亲密，能让她再度回味从前的爱情，她愿意这么做。

可是，只有一次，她不会再见他们第二次，再怎么像，他们也始终不是他。

中午，蒙迈给苏桃打电话。他还想再见一下苏桃，让她下班联系他。整个下午，苏桃反反复复地拿起电话、放下电话，这已经违反了她的游戏规则。

在蒙迈的住处，苏桃知道有其他女人的生活用品。如果只是游戏，她当然不会介意，如果是来真的，她也不会放过蒙迈。苏桃不介意与蒙迈来一场热闹的恋情。苏桃决定给蒙迈一点机会，但如果他后院起火，她就立即闪退。

D.

苏桃知道，这只是一场游戏。

苏桃成了蒙迈的地下情人，苏桃只和他在夜晚幽会。她不爱他，却沉迷于和他的爱欲。只有在那些爱欲里，她才会觉得这世界还能让她心跳加速、面红耳赤。

蒙迈确实是个不错的情人，细心体贴入微到云合雨欢时的每一个细节。有时候，苏桃会出现幻觉，觉得蒙迈就是从前的他，甚至呻吟时还喊出了他的名字。蒙迈毫不吱声，继续卖力地动作。

苏桃一直在等着蒙迈正主儿的出现，等着那个女人发现他们厮混在一起时的心碎欲裂和哭泣嘴脸，苏桃想看那个女人给蒙迈一个巴掌。苏桃不是善男信女，她喜欢用事实告诉女人，这个世界上的男人没有一个好东西。

有时候，苏桃会故意留下一些线索。比如，在枕头下留下长长的散发着茉莉香味的发丝，在蒙迈的衬衣后领吻个口红印，在蒙迈的衣橱里塞入漂亮性感的女式内衣。但，那个女人一直没有出现。

苏桃从来不和蒙迈谈及工作、家庭、情感方面的事，他们只谈天气，谈股市，谈最近的新闻。苏桃喜欢这种没有任何压力的感觉，谁也别妨碍谁。她对蒙迈说，我一找到结婚对象就会离开你。蒙迈眨巴眨巴眼睛，说，好。

E.

28岁的年纪已经不小，苏桃开始约会其他男人。不管她如何不相信爱情，嫁作他人妇，仍是一个女人最后的归宿。寂寞红颜老，不复当年俏。在这些男人里，不管选谁，她都不会选到蒙迈。

说穿了，蒙迈只是她的一个地下情人，不管他是否还有其他女人。如果一个男人让你做了他的情人，他同样还会找别的女人当他的情人，一样会对你欺瞒。这是苏桃的爱情理论，宁可错杀一百，也不放过万一。她宁愿要一个真实的情人，也不愿要一个虚伪的丈夫。真实虽然残酷，但它不会欺骗感情。好就好了，坏就坏了，至少心里踏实。

苏桃开始和蒙迈减少联系，蒙迈对她的关注却多了起来，一会儿一个短信，让她注意天气、好好吃饭等。苏桃心里有点烦，他们的关系只是肉体寂寞的产物，可是，蒙迈不会真的爱上她了吧？

苏桃在蒙迈所在的社区租到房子，楼下一层的对面便是蒙迈家的窗口。在这个位置，足以看到蒙迈穿什么颜色的内衣。一台专业的望远镜，一部数码相机，方便苏桃的观察和记录。苏桃决定，只要逮到蒙迈和别的女子厮混，她就可以名正言顺地踢开蒙迈，免去他不清不白的继续纠缠。

连续好几天，苏桃坐在新租的房间窗前，透过望远镜的镜头，窥视着蒙迈，看他蒙迈吃饭、洗澡、睡觉，但就是没发现有其他女人出现。苏桃有点气馁，也意外。

F.

苏桃不知道，蒙迈一直很想问问她，他们是什么关系。蒙迈不敢问，他怕一问，他们就什么关系都没有了。看着欢愉后苏桃抽烟的迷离眼神，蒙迈会觉得心疼。

一场精心设计的酒吧约会，苏桃让蒙迈认识了若离，若离开始追求蒙迈。曾经的失爱让苏桃学会了欲擒故纵。若离体贴，温柔，进退有度，他怎会不中计？原来算计人是这么简单，只要在他亲吻若离的刹那，按动快门，就可以彻底甩脱他。

若离终于踏进了那间屋子，穿着蒙迈的拖鞋。蒙迈抱住若离，吻若离松软的唇，蒙迈嘴里喊着什么……他们的身体生疏却迸发着狂热……苏桃的心又兴奋，又失落，本来她应该高兴的。苏桃按快门的手有点酸，如同她的心。

深夜，苏桃将照片一张张发送给蒙迈。想象着蒙迈看照片时的愤怒表情，苏桃有种疼痛的快感。

G.

从第二天开始，苏桃没有了蒙迈的消息。他真的没再纠缠她。苏桃终于钓到肯娶她的一个男人，40岁，一家实业公司的老总。婚后的生活平淡如白开水，无滋无味，爱欲也有心无力。看着40岁的他大腹便便的样子，苏桃就失去了兴趣。

每次他都是来得莽撞粗鲁，又去得蹙然乏味，一点都没有蒙迈的细腻体贴，可以带她上天入地。寂寞的夜里，苏桃会突然想起蒙迈，想起他的身体。在男女关系里，会仅仅因为身体的纠缠而产生爱吗？

很久以后，若离才告诉苏桃，那晚，蒙迈喊了苏桃的名字。那晚，是她们用酒灌醉了蒙迈。

苏桃真的忘记了，在她失恋后的那个公司年会上，她喝了很多酒，是蒙迈送她回的家。而这一切，苏桃第二天就忘记了。蒙迈从苏桃的同事那里了解了苏桃所有的喜好，他屋里的那些女性用品，全部是他为苏桃准备的。

蒙迈从不寂寞，他第一次看到醉酒的苏桃时，苏桃又哭又笑，倒在蒙迈怀里，说了很多话，蒙迈毫无来由地爱上了她。苏桃却只把他当作寂寞时的玩伴，让失爱之恨蒙蔽了真爱的眼睛。

染指寂寞后，苏桃再也爱不起来。

CHAPTER 17

良辰美景奈何天

A.

他们说，没有人会喜欢昆曲。艾梅知道，他们喜欢的是吐字不清的周杰伦，是永远摸不清他在说什么的王家卫，是被叫作“小鲜肉”的韩国小伙子。甚至，很多时候，问他们昆曲是什么，他们都笑着摇摇头，一脸茫然。每当这时，艾梅的心就会落寞地疼。

他们，不懂。也没有人会懂。

她是这个小城的外来女人，也是这个小城的另类。她没有太多钱，却把生活打理得很精致。她不喜欢像小城里的女人一样，叽叽喳喳地聚在一堆，议论东家的长西家的短。

小城女人满口的北方方言，而艾梅却是一口吴侬软语，深爱着早已被人遗忘的昆曲。

邻居们表面和气，私下里却说艾梅不务正业，年纪这么大，竟然还是单身，不知怎么的，就独自跑到这个小城躲避是非。他们整天听到艾梅的房间传出咿咿呀呀的柔软唱词，总是一脸鄙夷，说老得掉渣的昆曲不及流行音乐好听。

艾梅不理他们，只管唱自己的。

B.

漠北因为一场情变回到了小城，他请了半年的假，专心在家画画。妈妈心疼漠北，天天给漠北做好吃的。有时候漠北会和妈妈一起去菜市场买菜，经过艾梅的楼下，漠北会听到艾梅咿咿呀呀地唱，他听得怔神儿，也不知自己究竟是在听曲，还是在发呆。

妈妈蹙眉，伸手推他，说：“别听了，赶紧买菜去。”

漠北顺口问了一句：“这是谁啊？唱得这么好听。”

妈妈面带愠怒，不耐烦地说这个女人不务正业。

务不务正业都是一面之词。透过斜开的窗户，漠北看到了艾梅的侧脸，眉容秀丽，大大的眼睛里含着一种苍凉的寂寞。

没来由地，漠北的心跳了一下。

二.

艾梅的昆曲茶楼在小城里热闹地开张了，一大堆家庭妇女凑在门口，等着看艾梅的热闹。艾梅笑意盈盈，忙得不知疲倦。艾梅的昆曲茶楼装修得很精致，墙壁上挂满了昆曲的介绍和有关《牡丹亭》的精美画像，茶楼的背景音乐就是吴侬软语的昆曲。这里的茶水价格公道，只是大城市里的五分之一，年轻人只需要花很少的钱，就可以到她的茶楼喝到她亲手煮的茶，还能吃到免费赠送的可口甜点。

艾梅不打算用茶楼来赚钱，她只是觉得寂寞，想用茶楼来打发时间，来宣扬她喜欢的昆曲。昆曲曾经是一个贵族剧种，现在却面临灭绝的危险，艾梅叹息着。“原来姹紫嫣红开遍，似这般都付与断井颓垣，良辰美景奈何天，赏心乐事谁家院？朝飞暮卷，云霞翠轩，雨丝风片，烟波画船，锦屏人忒看的这韶光贱。”这是昆曲《牡丹亭》里的名段，唱出了一个女人内心波澜的跌宕起伏，已经惊情四百年。

漠北在家里疗养了一个月，状态好了很多。他不愿整天闷在家里画画，那样也没有灵感。漠北和妈妈商量，去艾梅的茶楼帮忙。她在招聘店员，而漠北也精于茶道。

妈妈起初不喜欢让漠北和艾梅接近，怕漠北学坏。但想想，艾梅确实没做过什么出格的事情，除了她是个痴迷昆曲的单身女人。

漠北去了艾梅的昆曲茶楼，她欢喜地接受了漠北。茶楼生意并不好，艾梅在这里没什么朋友，现在，她终于找到一个乐意听她唱昆曲的人。那天下午，是漠北第一次和艾梅讲话，艾梅的声音和昆曲一样好听，说话很有分寸，能看出是个受过良好教育的女人。漠北觉得，自己有点喜欢上了她。

茶楼的生意因为漠北的帮忙日渐转好，除了一些中年人，一些情窦初开的年轻人也跑到这里来尝鲜，其中很多都是艺术院校的学生。艾梅喜欢煮甜茶，把茉莉、冰片、红枣放在一起煮，香气怡人，甘爽润口。有喜欢喝浓茶的人埋怨她煮得太淡，艾梅就微笑着说不好意思，重新煮过再送上来。

艾梅性情随和，对每一个人都很好。越来越多的人喜欢和她讲话。漠北看在眼里，喜在心里。

来听昆曲的人也多了起来，艾梅在满足的笑容里却依旧把自己隐藏得很深。

D.

农历的八月十五，中秋团圆节，每家每户都会过得隆重，提前准备着月饼、糕点和水果。漠北和妈妈商量，让艾梅来家里一起过节，团圆的节日，不适合孤独，那样容易被孤独侵蚀。

那天，漠北早早地出门，他打算把茶楼好好打扫一遍，早点打烊，然后再约艾梅一起回家，一起去看月亮。漠北走到茶楼，门锁着，他又走了15分钟的路程，去艾梅家里找她。

大清早，艾梅的家里有激烈的吵架声。街坊邻居都在指指点点，窃窃私语。漠北敲门，一直没有人开。敲了十几下，艾梅才探出一个头问漠北：“干什么？”

漠北看见艾梅的身后躲着一个男人，他尴尬地怔在那里。艾梅叹口气，说：“今天不营业了。”漠北扫视到屋里地上满是瓷器、碗碟的碎片，正待张口说什么，“啪”的一声，艾梅重重地关上门，把漠北拒之门外。

傍晚，节日的气氛愈加浓厚起来。每个人都在喜气洋洋地过节。漠北想，不知现在艾梅怎么样了？

艾梅像一团扑朔迷离的雾，把漠北的心都给弄得混沌起来了。

E.

茶楼在停业一周后终于重新开业。中午休息的时候，漠北看到艾梅躲在茶楼一角哭了起来。她说，他还是没有放过她。他是艾梅的初恋情人。

艾梅和漠北说起往事，泣不成声。

大学时，他们因为排练昆曲《牡丹亭》而结识。他就是她的柳梦梅，她就是他的杜丽娘。他们轰轰烈烈地恋爱，唱着昆曲里的如花美眷，似水流年。除了爱情，他们什么都没有。毕业后，他们为了事业拼搏，收效甚微。等到艾梅想要和他结婚时，他却做了爱情逃兵，逃到另一个女人的怀抱。

那个女人比他大十岁，他心甘情愿被她俘虏，因为她可以帮他实现他的远大志向。艾梅伤心欲绝，而他，早已忘记那段“遍青山啼红了杜鹃，那荼蘼外烟丝醉软。那牡丹虽好，它春归怎占的先？闲凝眄，兀生生燕语明如剪，听呖呖莺声溜的圆”。他从柳梦梅变成了陈世美。

艾梅终究放不下他，做了他的地下情人。两年以后，艾梅终于无法忍受那种做地下情人的心灵煎熬，离开了他，来到了这个小城。

后来，那个女人知道了他们的事情，和他离了婚。作为报复，那个女人搞垮了他的公司。他负债累累，四处逃亡。艾梅想要和他结婚，她拿出所有的积蓄，给了他，让他还债。但那个数字远远不够，他迷上了赌博，想用赌博来赢回全部。在他输得山穷水尽时，又来找艾梅，让艾梅帮他筹钱。

艾梅哭着说，全是她的错。他曾经也是一个有志男儿，她不应该沉迷于那段爱恋，做了他的地下情人。是她用从前的感情诱惑了他，也毁灭了他们的爱情。

如果爱情失去，就果断放手，还可以留下美好的回忆。放不开手，还要折腾，最终的结果只能是，曾经的真情灰飞烟尽，徒留悲切与悲剧。然而身陷爱情网罗里的女子，又怎会有这份清醒与理智?

F.

艾梅还是没有和他结成婚。她变卖了自己的茶楼，让他拿去还债。小城的女人都叹息艾梅的傻，这样的男人就不应该理他。艾梅面色不变，依旧淡淡地微笑着。

债还没还完，警察就来到艾梅家中，带走了他。小城很安宁，很少有什么大事发生，这件事，足够人们说叨一年半载了。

从那以后，人们就很少再见到艾梅了。漠北感觉心里空落落的，他发现，自己原来是喜欢艾梅的。

G.

漠北要走了，回到原来的都市。在目睹了艾梅的爱情后，漠北突然发觉，自己没有真正去爱过。

临走之前的那个晚上，漠北去了那家昆曲茶楼，那里已成为一家夜总会，富丽堂皇，刺得人睁不开眼睛。

经过艾梅的楼下时，漠北又听到了咿咿呀呀的昆曲声，优美，柔软，哀婉，幽怨。仔细听了一下，是《牡丹亭·游园惊梦》里的《皂罗袍》，漠北在茶楼帮工时不知已听过多少遍，无论是梅兰芳的，还是华文漪、张继青的唱段，每一次听，都倾耳忘倦，那遏云绕梁之音，“哀响馥若兰”，将杜丽娘那种惋惜韶华易逝、好景不常的爱情迟暮之感，唱得直透人心。

艾梅推门倒垃圾，看到漠北，愣了一下，招呼漠北上楼。

艾梅拿出所有的昆曲碟片，要送给漠北。艾梅知道，漠北喜欢她，也喜欢昆曲。漠北摇手拒绝。他很喜欢那些碟片，但不知为什么，就是不愿意收下。

艾梅说，她要离开这个小城了。

漠北没有问她去哪儿。不用问，漠北也知道，她要去曾经生活过的城市，她的他坐牢的城市。艾梅还要继续帮他还债，等他出狱。艾梅整整爱了他半辈子，不管他怎么伤害她，给她制造了多少麻烦，哪怕让她背着小三的名分，这一切都不重要。重要的是，她依然爱他。

漠北心里酸酸的、涩涩的，说：“我可以抱你一下吗？”

艾梅没有说话，静静地偎到他的胸前。

他轻轻拥住艾梅，默数三秒，叹息一声，转身离开。走在空旷的大街上，漠北耳边似乎又响起那句曲子：“原来姹紫嫣红开遍，似这般都付与断井颓垣，良辰美景奈何天，赏心乐事谁家院……”

CHAPTER 18

牡丹花开了就恋爱吧

A.

来到深圳，我不是为了淘金。都说深圳遍地黄金，充满机遇，但我一笑置之，不屑一顾。我也不是来旅游观光，我没有那样的闲情。我来找一个人，一个男人。他席卷了我的心，逃离而去。听女友卡米其说，他跑来了深圳。可我在深圳找了7天了，还是没发现他的影子。

我决定，先住下来。一边工作，一边继续找他。世界太大，人口太多，在数亿人口里，找一个人，没那么容易。

我找到一份在广告公司上班的工作，一边过着朝九晚五的职场生活，一边抽空到处找那个男人。时间一长，人没找到，倒是让我在深圳慢慢扎了根。每天面对形形色色的人，对着他们职业性地微笑，说话要温柔，举止要优雅，否则，一不小心就会被投诉，可我从来都不是淑女名媛，我还是喜欢大大咧咧，有时难免出错。公司的同事周一凡喜欢偷偷看我出洋相。我很恼怒："看什么看，没见过美女吗？"周一凡窘迫得说不出话，我更加怒不可遏，拿起文件夹在他头上狠狠地敲了一下。

同事都说我是现代版的孙二娘，是个粗鲁的女汉子。经理找我谈话，让我注重一下女性的形象。注意，他说的是"女性"，而不是"工作"。经理说完就定定地盯着我，我一言不发。从经理办公室出来时，我狠狠地踢了一脚，哎呀，踢在了墙上。我又痛又委屈，想哭。一张纸巾递过来，是周一凡。

"作为赔罪，你得请我吃饭！而且是最好的法式大餐！"我忍着眼泪，把怒气都发泄到周一凡身上。

周一凡温和地笑，眼睛里含着无限的包容和体谅。

我还在找他，还是没有他的踪迹。可是，我不能登寻人启事。你见过满大街嚷嚷着去抓小偷的孤身女英雄吗？听到风声，小偷早跑了。虽然我不是英雄，可我的确孤身一人。想想这些，我就觉得既苍凉又悲壮。

周一凡开始接送我回家，我从不让他到我家里去，他永远只能停留在楼下300米以外的地方。周一凡并不计较，一贯温和地笑。有时候，我会鄙视他，还是不是男人。周一凡相貌堂堂，生性温和，举止儒雅，业务优秀，是很多女子眼中的绩优股。

可是，我不炒股。

B.

来深圳前，卡米其问我："你最喜欢什么花？"

"牡丹花。"我精神振奋。提起牡丹花，我就兴奋异常，还有无穷的力量。卡米其不理解，女人一般都是喜欢玫瑰、百合那些温柔娇媚的花，为什么我偏偏喜欢牡丹呢？

我诡秘地一笑："我和武则天有一样的嗜好。"

张小东给我送花，我把玫瑰摔了一地。我对他说："我只要牡丹花。"

从前，我摔过很多男人的玫瑰，他们骂我是"疯子”。可是张小东没有骂我。他看着已成为残花的玫瑰，神情十分沮丧，哪里有牡丹花啊？花店里只卖玫瑰、百合、康乃馨。张小东去了洛阳，那是牡丹的故乡，也是武则天一生待过时间最长的地方。他从洛阳回来时，真的就给我带回了牡丹，栽在一个深色瓷盆里。只是一棵苗，还没开花。

张小东说：“等它开花的时候，你得答应跟我谈恋爱啊。”

我懒洋洋的，说：“好。”

哈哈，谁会和你谈恋爱啊？我根本就不相信自己可以养到牡丹开花。以前，一盆仙人掌都被我养死了，何况牡丹这么娇贵的花。我只是喜欢看，并不是喜欢养，养花是那些淑女做的事。再说，就是养成了，谈恋爱又如何，又没答应一定要嫁给他。我为张小东的智商感到悲哀。

牡丹花还没开，张小东就跑了。

那天，张小东看见我时，我正在公司门口和一个男人打情骂俏。那个男人的手暧昧地搭在我的肩膀上。我笑容灿烂，点着烟。像《2046》的电影镜头。如果让我去演，我一定比张曼玉演得好。

张小东像醉汉一样，双眼通红，神情狰狞，声嘶力竭地喊：“莫小希，我恨你！”

然后张小东就跑到深圳去了。我也开始了一场千里追人的狗血剧情。

C.

周一凡开始给我送花，满把满把的玫瑰。

上次被经理找去谈话后，我开始收敛自己，努力做一个淑女。把肌肉松弛30°，冲人微笑，说话轻声慢语，吃饭细嚼慢咽。周一凡不知道我不喜欢玫瑰花。他前脚把玫瑰花送来，我后脚就把它扔到垃圾箱里。收垃圾的阿姨看见，一脸惋惜。

周一凡一直很困惑我的态度。他问我：“你爱我吗？”

“不爱。”我回答得直截了当。继而坏笑着看他，“女人才喜欢问这样的问题。”

周一凡的脸忽青忽红，强行忍下怒气，告别而去。

第二天，在公司遇见周一凡，他不理我。中午时，我拦住他："帅哥，今天怎么了啊？谁招你惹你了啊？"我左手掐腰，右手揽在他肩膀上，坏坏地笑着。他先是紧绷着脸，然后就无奈地被我逗笑了："真拿你没办法。"

周一凡成了我的哥们儿，虽然他极不愿意。但无奈，我确实不想匆忙地进入下一段恋情。周一凡照常接送我上下班，照常在我楼下300米外的地方停下。我不邀请他上楼，他也从不提起。

直到有一天，家里粮食没了，我从超市里买了一大袋米。门口的保安不在，我没办法，只好给周一凡打电话。他气喘吁吁地跑过来，扛起大米，想往上搬。米袋砸了下来，压疼了他的脚。我心想，到底是城市里娇生惯养出来的公子哥，要是张小东在的话，别说一袋米，就是两袋米，也扛上去了。我和周一凡吭哧吭哧把大米抬上了七楼。

周一凡坐在沙发上，环顾着四周："你家收拾得挺漂亮的嘛，我一直以为，你这样的女子，应该是……"周一凡觉得自己说错了话，窘在那里。"我知道，她们说我是孙二娘。"我接过周一凡的话。他不自然地笑。

"这是什么？"周一凡走到阳台，看着散放在地上的盆盆罐罐，枝枝杈杈。

“我养的花。”我毫不在意。

“什么花啊？”

“不告诉你！”

“哦，原来你喜欢养花。我送你盆栽花好不好？”周一凡突然好看地笑起来，笑得我心里直发毛。

“神经！”我一把将周一凡推了出去。

D.

我还是没有找到张小东。

周末，周一凡坚持拉我去逛花市散心。他以为盆栽花会讨到我的欢心。

在花市，我一眼就看到了张小东，我没想到会在这里遇见他。他手里正拎着两盆花。我心想：“臭小子，原来你躲在这儿！”我拨开拥挤的人群，准备冲过去。恰好，张小东回头，一眼也看见了我。他惊愕地张大了嘴巴，像食人鱼一样。愣了一会儿，把两盆花抱在怀里就跑。我又气又急，拉住周一凡，指着张小东，大喊：“抓小偷啊！他偷了我的东西！”人群立刻变得纷闹起来，周一凡和几个人一起追了上去。

张小东溜得贼快。我绕过几条街，堵住了他。

他气势汹汹地看着我，我也气势汹汹。一场大战即将展开。

周一凡他们赶了过来，大概是怕我这个弱女子吃亏，冲上去一把押住了张小东：“说，你偷的东西放哪了？你是想去派出所还是想蹲监狱？”张小东涨红了脸，拼命挣扎着：“我没有偷东西！”“你还不老实！”他们生气地骂着，“走，走，去派出所！”

“呃……”我想喊住他们，咽了咽口水，又没有喊。“活该！谁让你就这么独自跑了！”我心里暗自幸灾乐祸。

从派出所出来的时候，周一凡气恨恨地走了。他没料到，我居然是这样颠倒是非的女人。张小东一脸的郁闷。我一直在笑，拍拍他的肩，说：“别郁闷了！现在咱俩扯平了！”

张小东无辜地抱起他那两盆花，快哭了的样子。我把他的脑袋揽在怀里，说：“想哭就哭吧，那次对不起，我本来是闹着玩的，不是真的红杏出墙。你别生气，我也不怪你的！”我很认真地说。

张小东抹抹鼻子，丧气地低下了头。谁让他遇到的是一个孙二娘，不懂得怜香惜玉。

他跟着我回到家里，把那两盆花扔在了阳台上。枝枝杈杈的，开了一地。

E.

第二天，在公司遇见周一凡，他冷漠地看我一眼，不再说话。周围的同事看我的眼神很怪异，大概是听周一凡说了什么，有的人暗自偷乐，这下好了，没有人再争她们的绩优股了。

张小东给我留了他的住址和电话。我决定去找他，给他一个突然袭击。

在深南大道，我找到了张小东的住处。张小东不在。房东老太太说，他出远门去了，要几天以后才回来。我要求看看张小东的房间，在阳台，我看到了很多盆枝枝杈杈的花，和我阳台上的一模一样。我决定住在这里等张小东回来。

卡米其给我打电话。我告诉她："我找到张小东了。"

"那你是不是已经想好了，要和他谈恋爱？"卡米其不相信地说。她是最了解我的。

"我也不知道。"我有点烦乱。

我问自己："如果我不爱他，我干吗还来找他呢？"

"对了，我可不是林妹妹，谁让他侮辱了我的尊严！"我自我安慰，"尊严！"我举了举手，以示抗议。

张小东回来，看见我睡在他的屋里，大吃一惊。他手里拎着的一包黑乎乎的东西，掉在了地上。我生气地捏起他的耳朵："你还知道回来啊？"他嘿嘿地笑。

我们一起把那包黑乎乎的泥土塞到了花盆里。忙活了一个下午。

F.

张小东问我："那个男人是谁？"我不告诉他。其实，那个男人是我公司业务的老客户，因为太相熟所以随意了一些。女人应该适当地保持神秘，而男人则应该适当地吃醋。我只是笑。

走在深南大道上，我仰头看天。张小东问我：“你还记得你说过的话吗？”

“当然记得。怎么了。”

张小东拉住我的手，说：“牡丹花开了。”

我愣了一下，挣脱他的手，“哈，我不相信！”跑远了。

“嘿，你可不能赖账啊！”张小东在后面追着我，非要带我去他家里看。

我幸福地想着从前张小东说的话，天空开始风轻云淡。“等到牡丹花开的时候，你得答应跟我谈恋爱啊。”

可是，该死的张小东，我觉得很委屈，他那盛开了的牡丹花是从我家里偷走的，那是我的花。为了抓住这个偷花的贼，我永远留在了深圳。